지금이 내 인생의
골든 타임

나이 초월, 열정 가득 골드 세대 이야기

지금이 내 인생의 골든 타임

이덕주 지음

초록비책공방

우리에게 늘어난 것은 삶이지 늙음이 아니다

"재수 없으면 100세까지 산대."라면서 걱정 반 웃음 반 섞어 이야기를 하던 게 10년이 채 안 된다. 솔직히 그때만 해도 100세까지 사는 건 특별한 사람들에게나 일어나는 일이라고 생각했다. 주변의 부모 세대가 60, 70이 넘으면 병원 신세를 지기 시작해서 본인과 가족들이 많은 고생을 한 후에 세상을 뜨는 걸 흔히 보아서일까? 100세까지 살고 싶은 마음은 들지 않았다. '재수 없으면'이라는 말에는 오히려 정말 그렇게 되면 어쩌지 하는 걱정이 묻어난다.

그런데 어느새 "재수 없으면 120세까지 산대."로 바뀌었다. 주변에 100세 되신 분을 찾는 게 그리 어려운 일이 아니기 때문이다. 그리고 80, 90 넘으신 분들이 다 병원에 계시지도 않는다. 100세가 되도록 또는 100세가 넘어도 건강하게 활동하는 분들도 적지 않다. 현재 60세가 된 사람 둘 중 하나는 100세까지 산다는 연구가 있다.

인류가 한 번도 경험하지 못한 초고령 사회라는 미지의 세계가 우리 앞에 펼쳐지고 있다. 특히 우리나라는 베이비부머의 은퇴까지 시작되면서 세계에서 고령화 속도가 가장 빠른 나라가 되었다. 성큼성큼 다가오는 고령화 시대를 맞아 우리 사회는 불안을 넘어 공포마저 감돈다. 노인으로 살게 될 당사자들의 불안은 말해 뭘 할까.

이제는 이전 세대보다 3분의 1의 세월이 추가된 장수 시대가 되었다. 은퇴하고 나서 40~50년을 더 산다면 인생의 절반이 노후가 되는 셈이다. 역사상 처음으로 직장 생활을 하는 기간보다 퇴직 후의 삶이 더 길어졌다. 이제 노후는 다 끝난 인생을 덤으로 사는 여생이 아니다. 새 인생을 펼칠 수 있는 수많은 시간이 기다리고 있다.

길어진 인생 후반기를 위해 신나고 즐거운 노년을 설계하자는 취지로 이 책을 쓰기 시작했다. 나이의 고정관념을 벗어나서 시도하는 도전과 긍정적이고 적극적인 태도가 어떻게 새로운 삶을 만들어 주는지를 보여 주고 싶었다.

그런데 이 책을 준비하면서 생각했던 것보다 열정적으로 살고 있는 선배들이 셀 수 없이 많다는 걸 알게 되었다. '부양만 받는 노인'에서 '사회와 함께하는 노인' 문화가 이미 자리 잡기 시작했다.

1장에는 역사상 가장 노인이 많은 사회에서 살아가야 할 걱정과 그 노인들이 바꾸어 나갈 사회에 대한 희망을 함께 담았다. 개개인의 유쾌하고 멋진 노후를 위한 계획과 실천이 개인의 삶만 행복하게 하는 것이 아니다. 나이에 지배당하지 않고 새로운 능력을 갖춰 사회 곳곳에서 활동을 하게 되면 다가오는 고령화 사회에 활력을 불어넣을 수 있을 것이다.

2장에서 4장에는 새로운 인생을 만들어 가는 노년의 이야기와 이들이 이끌고 있는 시대의 다양한 변화상을 담았다. 주변을 돌아보면 노인의 나이이지만 전혀 노인 같지 않은 신인류를 발견할 수 있다. 하나같이 나이의 한계에 자신을 묶어 두지 않고 끊임없이 새로운 것을 시도하면서 뭔가를 열정적으로 하는 분들이다.

5장과 6장에는 노인들이 사회의 짐이 되는 게 아니라 힘이 되는 존재가 되어야 한다는 이야기를 담고 있다. 노인 경쟁력이 국가 경쟁력이 되는 사회가 오고 있다. 노인이 많아져서 생기는 문제를 노인들이 앞장서 풀어 가고 사회 발전을 함께 이끌 수 있다면 바람직할 것이다.

마지막에는 새로운 인생을 설계하고자 하는 노년층들에게 도움이 되는 구체적인 정보를 부록으로 만들어 보았다.

노년기는 정체기나 쇠퇴기가 아니라 우여곡절을 겪으며 관통해 온 인생의 연속일 뿐이다. 더 많은 지식을 쌓고 더 큰 목적을 달성하기 위한 전환점이자 기회로 만들 수 있다. 그럴 의지도 능력도 갖고 있는 게 현재의 노년들이다.

장수 사회가 수천 년 동안 쌓아온 인류의 업적을 발목잡지 않도록 이 사회의 구성원 모두가 고민하고 함께 나아갈 길을 찾아보는 노력은 의미 있다고 본다.

차 례

1장

노년, 다시 시작하는
인생 2막

재앙일까, 선물일까
인생의 또 다른 절반

100세 또는 그 이상

99세의 나이로 세상을 떠난 어머니를 앞에 두고 70대 아들이 울면서 말했다.

"1년만 더 사셨으면 100세까지 사실 수 있었는데……."

이 이야기를 들은 그의 친구들은 어이없어 하며 말했다.

"99세면 오래 사셨구만."

평생 시어머니 시중을 들어온 아내는 "우리 엄마는 나 고등학교 때 돌아가셨거든." 하면서 남편의 등짝을 때렸다고 한다.

얼마 전에 온양에 사시는 사돈어른이 세상을 떠났다. 내 동생 시어머니인데 돌아가신 나이가 102세였다. 동생이 결혼할 때 늦둥이 막내였던 남편은 30세였고 그 어머니는 77세였다. 그 당시 남편의 맏형은 이미 돌아가셨고, 큰동서가 시집와서부터 시어머니를 20년 이상 모시고 살아온 터였다. 내 동생이 결혼할 때 시어머니가 얼마 살지 못할 거라고 다들 생각했다. 그러나 그녀의 시어머니는 25년을 더 사셨고, 큰동서는 이제 머리 하얀 72세 할머니가 되었다.

미국의 한 보험 회사에서 개인의 예상 수명 계산법을 개발해 눈길을 끌었다. 양가 조부모의 수명, 가족의 병력, 식습관, 음주와 흡연 여부, 운동 여부 등을 넣어 개인의 예상 수명을 계산하는 것이다.

가까이 지내는 30대 중반의 한 후배가 남편과 함께 자신들의 예상 수명을 계산해 보았는데 후배의 기대수명은 105세로, 후배보다 두 살 많은 남편의 기대수명은 110세로 나왔다. 여성의 수명이 더 길다고들 하니 자기가 더 오래 살 거라고 막연히 생각했는데 의외였다.

"오빠, 나 죽은 다음에 혼자서 잘 살아야 돼." 하면서 함께 킬킬댔지만 그녀는 걱정이 앞섰다. 100세 넘어 혼자 살아야 되는 남자 노인이라니. 왠지 그 궁상맞은 모습이 그려져서 안타깝기까지 했다고 한다.

그 소리를 듣고 내가 후배에게 던진 한마디.

"105세, 110세라니! 끔찍하지 않아?"

한없이 길어지는 평균 수명

2017년도 우리나라 사람들의 평균 수명은 82세였다. 평균 수명은 지금도 매년 6개월씩 늘어나고 있다. 2019년에는 83세, 2021년에는 84세…….

'잘 하면 100세'라더니 이제 특별히 잘 하는 것 없이도 무난히 100세까지 사는 분들이 흔하게 되었다. '재수 없으면 120세'라고 농담 삼아 하던 그 말이 비현실적이어서 하하거리고 웃어넘긴 게 불과 몇 년 전이건만 어느새 그 말이 현실로 다가오고 있다. 지금 환갑인 사람의 절반은 100세까지 살게 된다고 한다.

다른 집과 마찬가지로 우리 집도 양가 부모를 합해서 네 분의 노인이 계셨다. 양가 모두 넉넉지 않은 살림이라 결혼하면서부터 돌아가실 때까지 평생 적으나마 생활비를 드렸다. 그분들이 앞서거니 뒤서거니 돌아가시는 큰일을 치르면서 우리 부부도 나이를 먹었다.

부모님들이 여러 가지 병을 앓으면서 오랜 시간 고생하다 돌아가시는 걸 옆에서 지켜보고, 또 자식으로서 많은 비용을 부담했던 우리는 '100세 시대가 왔다'는 말에 도저히 기쁜 마음이 생기질 않는다. 100세 시대를 넘어 120세 시대도 가능하다는 소리를 들으면 노인으로 살아야 되는 그 아득한 세월에 오히려 한숨만 나온다.

최근에 만난 한 지인이 그 소리를 듣고 펄쩍 뛴다.

"안 돼, 안 돼. 120세까지들 살면 큰일 나요. 지구 폭발해."

교직을 명예퇴직한 50대 후반의 그는 마을 이장님이다. 40대처럼 차려입고 활발하게 온 동네를 활보하며 이런저런 일을 해내느라 바쁜 시간을 보내는 그에게 아직 120세는 상상하기 어려운 나이인가 보다. 은퇴해서 새 인생을 살고 있는데도 60세가 안 되었는데 또 다른 60년이라니 그에겐 막막한 세월일 것이다.

어쨌든 기쁨보다는 공포감이 먼저 밀려온다. 고령사회에 대한 어두운 전망을 전하는 일상적인 보도를 대하면 공포감은 더 심해진다. 이제 막 노인이 되려 하는 이때, 우리 사회는 고령사회가 되어가니 큰일 났다고 이구동성으로 외쳐댄다. 정말 두렵다.

2017년부터 우리나라는 노인 비중이 14퍼센트에 이르는 '고령사회'로 들어섰다. 또 노인 인구가 유소년(0~14세) 인구를 앞지르는 분기점이자 생산가능인구(15~64세)가 감소세로 접어든 해이기도 하다. 총인구가 줄어드는 시점은 2030년 이후라지만 이 세 가지 지표가 겹치는 2017년은 인구 구조 변동의 한 획을 긋는 해라고 할 수 있다.

기대수명이 늘어나는 건 전 세계적 추세이지만 우리나라의 고령화 속도는 심각한 저출산 현상과 맞물려 어느 나라보다 빠르다. 우리나라는 2000년에 고령화 사회로 진입한 이후 2026년 초고령사회로 들어설 때까지의 기간이 26년밖에 안 걸린다. 미국이나 프랑스 등 다른 선진국에서는 이 기간이 70년 이상 걸릴 전망이고, 일본도 36년이 걸렸다.

9988234

우리 어렸을 때는 할머니, 할아버지(지금 생각해 보니 그분들은 그때 겨우 50~60대였다)께 세배드릴 때마다 "오래오래 사세요."라고 인사를 했다. 최고의 덕담이었다. 요즘은 여기저기 아픈 곳이 많아서 병원을 순례하면서 또는 요양원에 누운 채로 '오래오래' 사시는 노인들이 늘어났다. 세배드릴 때 하는 인사말도 "건강하게 오래 사세요."라고 바뀌었다. '오래'라는 말보다 '건강'이라는 말을 더 강조한다.

나이 든 사람들의 모임에서 흔히 하는 건배사로 '9988234'라는 말이 있다. 이는 99세까지 팔팔(88)하게 살다가 2~3일 앓고 죽었으면('죽을 사死'가 숫자 '4'와 발음이 같다) 좋겠다는 의미이다.

하지만 '9988234'는 거의 불가능에 가깝다. 우리나라 노인들은 죽기 전에 평균 11년 정도 병을 앓다가 사망한다고 한다. 많은 노인들이 여러 질병에 시달리면서 병원을 순례하고 매일 서너 가지 약을 복용하는 것은 기본이다. 생명 연장 이외에 아무 의미도 없이 병상에서 누운 채로 세월을 보내는 분들도 많다. 돈과 시간과 노력을 제공해야 하는 그 가족들에게도 큰 부담이다.

이렇게 앓으면서 오래 사는 것이 복일까? 그러다 돌아가시면 남은 사람들은 별로 서운하게 생각하지 않고, 오히려 '잘 가셨다'고 입을 모은다. 그래도 그런 가족의 울타리 안에서 돌아가신다면 행복한 편이다. 자식들에게도 버려진 채 홀로 죽어가는 노인들이 늘어나서 사회 문제가 된지 오래다.

이런 상황에서 수명을 늘릴 수 있는 획기적인 연구 발표가 나왔다는 뉴스나 〈장수 마을을 찾아서〉 같은 TV 프로그램을 접하면 반가운 마음은커녕 비명을 지르고 싶을 때가 있다.

아~쫌! 과학자와 의사들이여. 수명 늘리는 연구 좀 작작하시지.

'장수의 비밀' 좀 그만 캐고 그만 방송해대시지. 생각해 보면 끔찍한 시간을 늘려 놓는 건데 노화를 막는 방법 좀 그만 내놓으라고! 장기 교체니 장기 이식이니 게놈 프로젝트니 줄기세포니…… 이제 그만!!

나는 100세까지 살고 싶지 않다. 아마도 건강하고 유쾌하게 100세까지 사시는 분을 잘 못 봐서 그럴지도 모른다. 심지어 나는 가끔 이제 죽어도 여한이 없다는 생각이 들 때가 있다. 인생을 돌아보면 크게 후회스러운 일도 떠오르지 않는다. 구태여 다시 돌아가고 싶은 시절도 없다. 한번 살아낸 걸로 이미 충분하다.

삶의 만족도, 즉 행복도 조사 결과 50대가 가장 높게 나오는 걸 보면 나만 그런 건 아니지 싶다. 노인들 중에도 젊은 시절로 돌아가겠느냐는 질문에 돌아가고 싶지 않다고 답하는 분들이 생각보다 훨씬 많다.

100세 시대 만세

그렇지만 나는 몸이 아프면 병원에 간다. 과잉 진료를 권하는 걸 알면서도 거절 못하고 비싼 검사까지 다 치른다. 비싼 약을 사 먹으면서 정기적으로 오라고 하는 날에 꼬박꼬박 병원에 가서 의사를 만난다. 종종 내가 오늘 약을 먹었는지 안 먹었는지 기억이 안 날 때도 있다. 그럴 때면 '아이고, 내 정신 좀 봐. 벌써 이러면 어떡하지?' 하면서 정신 바짝 차리려고 마음을 다잡는다.

기회가 되는 대로 열심히 걷고, 근력을 늘리는 데 좋다는 운동도 한다. 몸무게가 늘지 않도록 신경 쓴다. 노화를 막는 음식, 노화를 막는 운동법과 같은 기사를 보면 열심히 읽어 본다. 무엇보다 80, 90이 넘은 나이에도 활발하게 활동하는 인생 선배들의 이야기를 들으면 무엇을 따라 하면 될까 하고 귀를 쫑긋한다. 지금 죽어도 좋은 거 맞아?

무릎 때문에 고생하던 친구가 줄기세포 관련 시술을 받고 나서 멀쩡히 여행을 다니면서 즐거워하는 걸 보면 과학자들의 노고에 감사하는 마음이 생긴다. 위암에 걸린 남편의 뒷바라지로 얼굴이 반쪽이 되었던 친구가 남편의 암이 완치되어 이전보다 더 많이 먹는다면서 낄낄거리는 걸 보면 의술의 발달에 저절로 경의를 표하게 된다. 나 젊었을 때 30~40대에 위암으로 죽어간 사람들 여럿을 안다. 하지만 최근에는 위암으로 죽는 사람은 극히 드물다.

아내와 딸뿐만 아니라 본인도 눈가의 주름을 없애는 시술을 한 사업가가 '성형술은 신이 주신 최고의 선물'이라며 그걸 안 누릴 이유가 뭐가 있냐고 말한 기억이 난다. 눈처짐을 교정하는 시술을 받을까 말까 하면서 10년째 용기를 못 내고 있는 나는, 그럴 듯한 말이라고 고개를 주억거렸다.

수명 연장을 위해 애쓴 과학자와 의사들의 노고에 찬사를 보낸다. 100세 시대 만세!

재앙일까 선물일까

카네기 재단의 에런 파이퍼 전 회장은 장수로 인해 우리 일생에 3분의 1의 시간이 추가로 덧붙었다면서 그 시기는 삶에 대한 새로운 흥미와 열정을 기르는 시기가 되어야 하고, 생산적인 삶을 살기 위해 새로운 가능성에 눈을 뜨는 시기가 되어야 한다고 했다.

3분의 1이라고? 50대에 은퇴한다고 치면 아직 절반 밖에 살지 않은 셈이다. 3분의 1이 아니라 2분의 1이다! 원하지 않았지만 나에게 주어진 인생 2막. 젊었을 때 예상치 못했던 새로운 인생이 다시 시작된다. 원 플러스 원 인생이라고 말해도 과언이 아니다.

우리는 이미 충분히 많은 걸 보고 많은 일을 겪어온 세대이다. 옛날 같으면 손주 재롱 보며 죽을 날만 기다리는 나이에, 앞으로도 살아온 세월만큼 더 살아야 하는 현실. 비장한 마음이 든다.

환갑인데 살아 계신가? 그렇다면 100세를 준비하시길. 인생의
또 다른 절반, 재앙 아닌 선물로 만드시길.

절망의 쓰나미
희망의 쓰나미

딸딸딸 아들아들아들 딸아들아들딸

나는 1남 4녀 중 둘째이자 맏딸이다. 우리가 어렸을 때는 한 집에 아이들 대여섯 명은 기본이었다. 그런 시절에 고등학교 친구 하나는 본인을 포함해서 형제가 '세 명밖에' 없었다. 거기다가 외동딸이었다. 형제가 그렇게 적다니 신기하기도 하고 부럽기도 했다. 왠지 그 집은 세련되고 고급스러워 보였다.

먹을 것을 놓고 많은 형제들이 둘러앉아 치열하게 눈치 싸움을 하거나 육탄전까지 벌여 본 사람들은 다들 형제 적은 집을 부러워했을 것이다. 특히 엄마 대신 어린 동생들을 업어 주고 놀아 주어야 했던 큰딸, 엄마의 심부름을 도맡아 하고 적지 않은 가사 노동을 분담해야 했던 큰딸들이라면 더욱더 이해할 것이다. '아, 내가 외동딸이면 얼마나 좋을까?'라는 생각을. 서양 소설에나 나오던 그 귀한 딸!

대학 신입생 때 동아리에서 만난 한 남학생은 자신을 "딸딸딸 아들아들아들 딸아들아들딸 중에서 아홉 번째"라고 소개했다. 그 가락이 묘하게 입에 붙어서 여러 사람이 따라하며 웃기도 했다. 그때 그 자리에 함께 있던 다른 친구들은 거의 다 잊었지만 그 친구만은 익살맞은 표정과 함께 흐릿하게 기억이 난다. 가끔 나도 모르게 그 가락을 읊고 있는 나를 발견하기도 한다.

"딸딸딸 아들아들아들 딸아들아들딸."

내가 일생 동안 만난 사람 중 형제 수에 있어서 최고는 바로 내 남편이다. 그는 3남 8녀 중 셋째이다.

"혹시 어머니가 두 분?" 하며 질문하는 사람도 있는데 11남매는 모두 한 분의 어머니에게서 태어났다. 모두 건강하게 키워낸 시부모님의 노고에 경의를 표한다. 형제들이 자랄 때는 어려운 살림에 고생을 했지만 지금은 서로에게 큰 힘이 되어 주는 존재가 되었다.

인구 폭발 베이비붐

나는 베이비붐 세대에 속한다. 베이비붐 세대는 83만 명이 목숨을 잃은 6·25전쟁이 끝난 후 1954년부터 1963년 사이에 태어난 이들로, 2016년 기준 711만 명에 이른다고 한다.

자식들에게 내가 하지 못한 공부를 시키는 게 그 당시 대부분 부모들의 삶의 목표였다. 그 결과 엄청난 속도로 인구가 늘었다. 먹을 것도 없었던 그 시절 폭발적인 인구 증가로 위기감을 느낀 정부는 '아이 적게 낳기 운동'에 온 힘을 쏟았다.

'많이 낳아 고생 말고, 적게 낳아 잘 키우자'라는 구호를 외쳐 댔고 '3·3·35 운동'도 벌였다. 3명 자녀를 3년 터울로 낳고, 35세까지 단산하자는 뜻이다. 보건소나 가족계획 지도원에서는 무료로 불임시술을 해 주었다. '덮어 놓고 낳다 보면 거지꼴을 못 면한다'라는 표어를 지금 보자니 그 소박한(?) 표현에 웃음이 나온다. 어쨌든 그 효과로 1964년부터는 출생률이 줄어들기 시작했다.

인구 폭발 베이비붐 세대로 살아오는 평생 동안 좁아터진 나라에 인구가 너무 많아서 탈이라는 말을 듣고 살았다. 그 시기에 태어난 게 내 잘못도 아니건만 나도 모르게 그 많은 인구에 하나 더 보탰다는 부담이 있었다.

아, 나 때문에 콩나물 교실이 된 건가, 나 때문에 학교 들어가기가 이리도 힘드나, 나 때문에 집이 모자라나, 나 때문에 나라가 어려운 건가……. 이제 막 노인이 되려니까 또 노인이 많아져서 문제라고 하는구나. 쯧.

고비마다 변화를 이끌어 온 베이비붐 세대

우리 베이비붐 세대들은 그 엄청난 숫자 때문에 '본의 아니게' 평생 사회적 이슈를 몰고 다니는 존재였다.

우리가 초등학교에 들어가게 되니 학교는 초만원이었다. 한 학급의 학생 수가 80명이 넘는 데다가 오전반, 오후반으로 교실을 두 번 돌려야 했다. 우리가 6학년이 되자 머리 터지는 중학교 입시 경쟁에서 초등학생들을 구하기 위해 중학교 평준화가 이루어졌다. 중학교 2학년 때 내 번호는 71번이었다. 입시 경쟁은 고등학교로 옮아갔고, 2년 후에는 고등학교도 평준화되었다.(서울이 그랬다. 지역마다 평준화 시기는 조금씩 다른 걸로 안다.)

많아지는 인구 덕에 생산과 소비 활동이 본격적으로 시작되었고 국산 제품을 만들어 내면서 경제 발전의 길로 들어섰다. 수출이

지상 목표였던 시절이었다. 초등학교 때 '1억 달러' 수출을 달성하고는 온 나라가 잔치 분위기였다. 대학 다닐 때인 1977년에는 수출 100억 달러를 달성했는데 10억 달러를 이룬 지 불과 6년 만이었다. 경제 성장률 42퍼센트에 전 세계가 놀랐고 '한강의 기적'이라는 용어가 생겼다.

그 모든 것이 폭발적인 인구 증가 덕분이었다는 사실을 나이를 많이 먹고서야 알게 되었다. 미리 알았더라면 내 존재에 대한 회의는 하지 않아도 됐을 텐데 말이다.

베이비붐 세대가 결혼할 나이가 되자 제2의 베이비붐을 예상한 정부는 산아 제한에 더욱 강도를 높였다. '딸아들 구별 말고 둘만 낳아 잘 기르자!'라는 표어는 '하나씩만 낳아도 삼천리는 초만원'이 되었다. 아들 선호 사상 때문에 좋은 성과가 나질 않자 '잘 키운 딸 하나, 열 아들 안 부럽다!'라는 말도 만들어 냈다. 하나 낳고 불임 수술을 한 가장에게 아파트 분양 우선순위를 주기도 했다. 세 번째 아이를 출산하면 보험 혜택에서도 제외시켰다.

지금은 아이를 많이 낳아야 애국자라며 다자녀가구에 대한 혜택을 주어도 아이를 안 낳으니 세월이 무상하기도 하다. 인구 감소가 사회 문제로 떠오른 2000년대의 표어는 '가가호호 아이 둘셋, 하하호호 희망한국'이다. 앞을 내다보기란 이다지도 어려운 일이다.

베이비붐 세대가 가정을 꾸리기 시작하자 집값이 하늘로 치솟기 시작했다. 부동산 투기에 불이 붙었고 '복부인'들이 활약했다. 그때 무지막지하게 올라간 한국의 집값은 여전히 세계적으로 높다고 한다. 1980년대에는 '주택 100만 호 건설'이라는 기치 아래 건설 붐이 계속됐다. 인구 많은 베이비붐 세대가 가정을 만들고 가족을 위해 돈을 쓰니 경제 발전도 계속 '앞으로 앞으로'였다.

베이비붐 세대가 나이를 먹고 그들의 자녀들이 둥지를 떠나게 되자 대형아파트 값부터 떨어졌다. 은퇴하고 둘만 남은 부부는 집을 줄이고, 1인 가구도 날이 갈수록 늘어난다니 대형아파트는 인기가 없어지고 소형아파트 값은 계속 오를 것이다.

이제 인구 쓰나미 베이비붐 세대들의 은퇴 쓰나미가 시작되었다. 그래서 우리 사회는 또 떨고 있다. 베이비붐 세대들이 고령화 사회를 몰고 오는 것이다. '노인 쓰나미'. 그것도 세계에서 제일 빠른 속도로.

해마다 30만 명씩 은퇴 중

어느 나라든 베이비붐 세대들이 노인으로 합류하면 고령화가 급

속하게 진행된다. 그만큼 인구가 많은 집단이기 때문이다. 앞에서 말한 것처럼 우리나라는 2017년에 고령사회가 되었다. 베이비붐 세대가 해마다 30만 명씩 은퇴를 해서 차례로 '노인'이 되는 2020년 이후에는 노인 인구의 증가 속도가 훨씬 더 빨라질 게 확실하다.

베이비붐 세대는 경제 발전 시대에는 성장을 위한 동력이었지만 이제는 짐이 될 처지가 되었다. 고령사회가 되면 노인복지비가 증가하는데 이는 경제의 발목을 잡는다. 노인 인구의 증가는 국가 경쟁력에 짐이 된다. 경제가 어려워지면 노인들에게 양질의 서비스를 제공하기 어렵다. 국가 복지 재정 파탄, 건강보험 재정 파탄, 연금 부족, 노동력 부족, 산업공동화, 경제성장률 한계 등이 고령사회에 대한 전망이다.

노인이 늘어나면 이렇게 나라가 망할 것처럼 떠들어대니 '베이비붐 시대에 태어난 우리 때문에 우리나라가 못 사나?'라는 생각을 하면서 살았던 어린 시절이 다시 떠오른다. 부담감 백배이다.

그런데 나라 살림을 어렵게 만들 줄 알았던 베이비붐 세대들이 알고 보니 경제 성장의 동력이 되었고 높은 교육을 받아 사회 전반의 수준을 끌어올리고 민주화를 이끌어 온 주인공이었다. '코리안'이라는 이름으로 세상 어딜 가도 꿀리지 않는 나라를 만든 세대이다.

고령화 사회의 특징

선진국들은 우리보다 앞서 고령화가 진행 중이다. 양질의 영양 상태, 위생적이고 우수한 의료 환경, 쾌적한 생활 공간 등이 보장되었기 때문에 평균 수명이 길어진 것이다. 뒤집어 생각해 보면 고령화는 우리 사회가 선진화되어 가고 있다는 증거이며 성과라고 할 수 있다.

우리나라의 고령화 속도가 빠르다는 것은 어찌 보면 다른 나라보다 빨리 고령자 문화와 고령자 경제를 확립할 수 있는 좋은 기회라는 의미이기도 한다. 고령자의 증가는 상당한 돈과 많은 경험과 시간적 여유를 가진 사람들의 소비 시장이 확대되는 것이기도 하며, '연금 겸업형 근로자'가 대량으로 출현한다는 것이기도 하다. 고령자라는 거대한 생산 또는 소비 시장이 탄생하는 것이다.

베이비붐 세대와 그 이후 출생한 '미래 노인 세대(현재의 중장년 세대)'는 이전 세대보다 학력 수준과 근로 능력이 뛰어나 더 오래 일을 할 수 있고, 국민연금 수급자 비율도 올라가기 때문에 현재보다는 노인 빈곤 문제가 완화될 것이라는 분석도 있다.

노인 경쟁력이 국가 경쟁력

인류가 한 번도 경험해 보지 못한 고령화 시대를 맞아서 우리는 역할 모델도 없이 늙어 가게 되었다. 노인이 지금처럼 많은 사회는 역사 속에서도 찾을 수 없다. 우리는 좋든 싫든 역할 모델을 만들어가야 할 창조적인 위치에 서게 되었다. 미지에의 도전이고 문화적 혁명이다.

베이비붐 세대들이 모두 노인이 되는 그때는 사람들이 생각하는 것처럼 병약하고 무기력하고 우울한 '노인 좀비 시대'는 아닐 것이다. 어쩌면 생각만큼 대재앙을 불러오는 것은 아닐 거라고 낙관적인 희망도 가질 만하다. 베이비붐 세대들이 놀라운 사회 변화와 기적 같은 순간들을 만들어 온 것처럼 또 다시 새로운 노인 문화를 만들어갈 수 있을 것이다.

노인경쟁력이 국가경쟁력이 될 시대가 다가오고 있다.

절망의 쓰나미를 희망의 쓰나미로 바꾸어 갈 힘을 길러서 노인들이 사회에 부담이 되는 존재가 아니라 힘이 되는 존재가 되도록 개인적으로나 사회적으로 준비해야 될 때가 되었다.

2장

신노년, 노인인 듯 노인 아닌 사람들

신인류의 출현

젊은 오빠

캄보디아의 앙코르와트 유적지에서는 열 살도 안 되어 보이는 소녀들이 값싼 매듭 팔찌나 엽서 등을 들고 관광객 주변을 따라다닌다. 그들은 보통 '원 달러!'를 많이 외치지만 한국인 관광객을 보면 용케도 알아보고 "천 원, 천 원!"이라거나 "싸요, 싸요!"라고 외친다. "안녕하세요."라는 인사도 빠뜨리지 않는다.

물건을 살 마음이 없어도 이국의 어린 소녀들 입에서 나오는 한국말을 들으면 저절로 미소가 지어지고 한 번 더 쳐다보게 된다. 어린아이에게 그것을 팔게 한 어른들이 상술로 가르친 것이라는 걸 알면서도.

기가 막힌 건 나이 많은 중년의 한국 남자들에게 그 어린애들이 '오빠'라고 부른다는 것이다. 한국 남자들이 나이 불문하고 '오빠'라는 말에 사족을 못 쓴다는 건 알았지만 여기까지 와서 그 단어를 가르친 모양이다. '오빠'라고 부르면 그 좋아하는 모습이라니. 하여간 '오빠' 참 좋아한다. 특히 '젊은 오빠'라는 말에는 깜빡 넘어간다.

하지만 그 단어는 권위적이고 자기 말만 하며 남에 대한 배려는 한참 모자라는 중년의 아저씨들이 함부로 넘볼 말이 아니라는 걸 아셨으면 좋겠다. 외국 나와서 우리보다 좀 못 사는 나라 사람들이라고 깔보고 거들먹거리고 반말 찍찍 하면서 '꼰대'짓하는 아저씨들이 함부로 탐내지 마셨으면 좋겠다. 요즘 젊은이들은 무엄하게도(?) '개저씨'라고 놀려대는 모양이던데.

젊은 오빠가 되려면 몸도 마음도 젊어야 하고 무엇보다 생각이 열려 있어야 한다고 생각한다. 누가 나보고 '그러는 너는 젊은 언니냐?'라고 할까 봐 좀 찔리긴 하지만 바둑을 못 둬도 훈수는 둘 수 있다는 말이 있지 않은가.

내 동창 중에 바로 그런 젊은 오빠가 있다. 그는 스키니가 유행하기 훨씬 전부터 딱 붙는 바지에 남미풍 베이지색 자켓을 입고 모임에 나오곤 했다. 전형적인 '아저씨' 분위기의 일행과는 확연히 다른 모습이라 주변에서도 흘깃거리는 바람에 우리는 일행인 게 창피하다며 놀리기도 했다.

"나는 평범한 게 가장 싫어. 사람들이 그 나이에 그런 옷을 입어도 되냐고 물을 때도 있지. 대한민국 헌법 몇 조 몇 항에 네 나이에는 이렇게 입어야 한다고 써 있는 건 아니잖아? 내가 입어서 즐겁고 스스로 행복하면 좋은 거지."

그러나 또래 아저씨들과 그의 차이점은 겉모습보다 그의 생각에 있다. 그는 매사에 진취적이고 열정적인데다가 편견을 깨는 이야기도 곧잘 해서 배울 것도 느낄 것도 많이 던져 주는 존재이다. 무엇보다 누구의 얘기든 잘 들어주고 잘 웃어서 분위기를 유쾌하게 만드는 게 큰 장점이다.

"사람들이 나랑 이야기하면 도무지 나이를 짐작할 수 없다고 해. 고정관념도 없고 젊은이들한테 늘 배우려고 하니까 말이 잘 통해서 그렇겠지."

젊은 언니

주민자치센터에서 무료로 운영하는 '실버태권도단'에 신청해서 다닌 지 여러 달이 되었다. 우연히 프로그램 안내를 보고, 운동도 운동이지만 '실버'들의 삶을 가까이서 볼 수 있는 좋은 기회라는 생각이 들어서 등록했다.

거기 가 보니 나는 막내였다. 참가자들은 60대에서 80대까지 있는데 70세 전후가 주를 이룬다. 그런데 이들은 당최 '노인'이라는 의식이 없다. 명칭부터 '실버'가 뭐냐고 불만이 많다. '시니어' 태권도단으로 바꿔야 한다고 말한다.

거기서 만난 언니들은 모두 부지런하다. 잠시도 가만히 있지 않는다. 매일매일 스케줄이 꽉 차 있다. 시간을 쪼개 돈벌이도 하고 뭔가를 배우며 사람들을 만나고 주변 사람들을 챙긴다.

60대 후반의 최영이 언니는 새벽에 호텔 조식을 준비하는 주방 일을 몇 시간 하고는 돌아와서 하루도 빠짐없이 뭔가를 배운다. 그녀가 배우는 프로그램은 다섯 가지나 된다. 각각의 프로그램들은 때마다 각종 발표회니 공연을 하기 때문에 옷도 맞추고 연습을 하느라고 정말 바쁘다.

70대 이기순 언니는 반대로 매일 오전에 뭔가를 배우고 오후에는 손주를 봐 주러 딸이 사는 곳으로 간다. 딸에게서 수고비를 받고 있으니 돈도 버는 셈이다. 힘차게 태권도 동작을 해내는 덕에 사범님 칭찬을 독차지하고 있다. 그 언니는 항상 웃는 얼굴로 신나게 산다. 동작을 외우는 기억력도 좋아서 더 젊은 사람들까지도 이 언니에게 동작을 배운다.

이경애 언니는 60대 후반이지만 태권도 4단의 보유자로 전국대회를 다 다닌 경험자이다. 암에 걸려서 몇 년 태권도를 못하다가 운동이 너무 하고 싶어서 다시 태권도계에 복귀했다. 최근에는 무주에서 열린 세계 태권도 대회에 참가한 외국인 선수들을 안내하러 다니기 바쁘다. 그녀는 태권도 시간이 끝나면 곧바로 헬스장으로 간다. 그 와중에 틈틈이 텃밭을 가꾸는데 수확물을 아는 이들에게 나눠주는 게 취미이다.

실버태권도단에서 만난 언니들은 자식들을 모두 분가시키고 혼자 살거나 부부만 산다. 아주 씩씩하게 하루하루를 살고 있는 것이다. 그야말로 '젊은 언니'들이다.

신노년 신인류

    평균 수명이 늘어나면서 노년층의 문화도 많이 변하고 있다. 특히 은퇴 후에 주체적인 삶을 살려고 하면서 이전의 노인 세대와는 다른 행동 양식을 보이는 사람들이 부쩍 늘고 있다.

    '신중년', '신노년'이라는 신조어까지 등장했다. '신중년'이라는 말은 노인인데 노인 같지 않은, 스스로도 노인이라고 생각하지 않는다는 의미이고, '신노년'이라는 말은 이전의 노인과는 완전히 다른 의식과 행동 양식을 가졌다는 의미를 지니고 있다. 이 두 단어는 결국 같은 집단을 가리킨다. 이들의 가장 큰 특징은 자식을 바라보고 살기보다 자신의 행복을 더 중요하게 생각한다는 것이다.

    신노년 세대는 주거 형태부터 자식에게 의존하기보다 부부끼리 사는 경향이 많다.

    어느 설문 조사에서 편의상 80세를 기준으로 '실버 세대'와 '신노년 세대'를 나누었는데 실버 세대는 자녀와 사는 비율이 높은 반면(47퍼센트) 신노년 세대는 17퍼센트에 불과했다. 또한 그들은 노후를 자녀에게 의존하는 비율이 낮은 만큼(실버 세대 90퍼센트, 신노년 세대 34퍼센트) 자녀들에게 재산을 물려주겠다고 답한 경우도 낮았다.(실버 세대 79퍼센트, 신노년 세대 9퍼센트)

신노년 세대들은 자식보다 자신의 인생을 더 중요시하고 새로운 학습, 새로운 여행 등 자기를 위한 시간을 많이 가지려고 한다.

또한 부부 관계에 불만이 있더라도 자식을 위해서 참고 살기보다 새로운 기회를 찾아 나선다. 황혼이혼이 늘어난 이유이다. 배우자와 사별한 경우에도 그들은 새 배우자를 원한다. 연애도 하고 사랑을 느끼면서 남은 인생을 더 행복하고 건강하게 살아야겠다고 생각한다. 그런 이유로 신노년 세대들은 건강 관리에도 열을 올리고 있다.

65세가 노인?

우리나라에서는 65세부터 노인이라고 한다. 세계적으로 고령사회의 기준이 되는 노인의 나이도 65세부터이다.

하지만 65세가 되면 정말 노인인가 의심스럽다. 우리 모두 65세가 되면 모든 일에 손을 놓고 병원에 다니면서 나라의 돈이나 축내고 죽을 날만 기다리는 존재인가? 주변을 돌아보면 그건 어림없는 소리라는 것을 금방 알 수 있다.

동네 문화센터에서 수채화를 몇 년 동안 배운 후 가끔 전시도 하는 친구에게 들은 말이다. 어느 날 수채화 교실에 처음 오신 80대 할머니가 "할머니 어떻게 오셨어요?"라는 직원의 말에 질색을 하면서 "내가 제일 싫어하는 말이 할머니인데."라고 했단다.

이야기를 듣던 다른 친구가 보탠다. 70대 초반인 자기 이모는 친구가 죽자 "이그, 한창 나이에…… 피어 보지도 못하고…….'라면서 슬퍼했단다.

논술 학원을 운영하는 또 다른 친구도 이야기한다. '논술 지도자 되기' 강의에 결석했던 80대 할머니가 다음 주에 나와서는 선생님에게 다음과 같이 부탁을 했다고 한다.

"강의 못 들은 거 보충해 주실 수 있을까요? 내가 감기가 지독하게 걸려서 하마터면 아주 갈 뻔 했잖아요. 큰일 날 뻔했지 뭐예요?"

70대 초반인, 친구의 언니도 이렇게 말하며 속상해 하는 모습을 봤다.

"글쎄 나보고 할머니랜다. 기가 막혀서…….'

젊은 사람들이 들으면 오히려 기막혀 할 말씀이지만 당사자들은 이렇게 생각한다.

시대의 흐름에 따라 노년의 나이가 올라가고 있다. 65세로 정해진 노인의 연령 기준을 좀 더 올려야 한다는 이야기가 오래 전부터 나오고 있다. 노인 연령 기준이 법으로 정해진 것은 아니다. 굳이 찾아보자면, '회원은 65세로 한다'라고 규정한 대한노인회 정관이 유일한 명문 조항이다. 이는 법적 강제력이 있는 것도 아니다.

노인복지비의 폭발적인 증가와 맞물려서 노인 기준 연령을 올려야 한다는 기사는 잊을 만하면 나온다. 특히 '지공(지하철공짜)' 세대가 폭발적으로 많아지면서 적자가 크다는 지하철공사측에서도 자주 이슈화하는 걸로 알고 있다.

늙었다고 생각할 때가 바로 노후

우리나라 65세 이상의 연령층이 주관적으로 생각하는 노인 시작 연령은 평균 약 '71세'인 것으로 조사되었다. 이들 중 55퍼센트는 스스로 노인이 아니라고 생각하는 '주관적 비노인'으로 분석됐다. 주관적 비노인들이 생각하는 노인 시작 연령은 '74세'였다. 이렇게 스스로 노인이 아니라는데도 인생이 끝난 사람, 국가와 사회의 짐이 될 사람으로만 취급하면서 고령화 사회 대재앙 운운하는 것은 좀 지나치지 않나 하는 생각이 든다.

의학적 관점에서 보면 노인의 기준 연령을 2년마다 한 살씩 올려야 할 정도로 노인들의 건강 수준이 좋아지고 있다고 한다.

유엔^{UN}에서 인간의 평균 수명이 길어진 현실을 반영해 2015년 새로운 생애주기별 연령지표를 발표했다. 0세부터 17세까지는 미성년, 18세부터 65세까지는 청년, 66세부터 79세까지는 중년, 80세부터 99세까지는 노년, 100세 이상은 장수노인으로 구분했다.

유엔이 정해줬다니 왠지 권위가 있어 보인다. 나도 아직 '청년'이라니 뭐 그리 나쁠 건 없지만 갑작스러운 뺑튀기가 어마어마해서 적응은 잘 안 된다.

최근 10년을 돌아보면 주변에서 환갑잔치하는 사람을 본 적이 없다. 그 대신 평소에 가기 힘든 먼 나라로 여행 가는 게 유행이다. 가까운 곳은 더 늙어서 다리 힘 떨어질 때 가면 된다는 게 이유이다. 여행 가서 찍어 올리는 사진을 보면 이건 뭐 옛날의 30~40대 분위기이다. 몇 년 전만 해도 종종 있던 칠순잔치 초대도 어느새 자취를 감추었다. 80대 중반에 돌아가셔도 요샌 '호상'이라고 하지 않는다.

80대 중반이 되었어도 여전히 다방면에 관심을 가지는 사람도 있고, 60대 초반밖에 안 되었지만 새로운 것에 문을 걸어 잠그는 사람도 있다. 젊은 시절부터 건강이 안 좋은 사람이 있는가 하면 나이가 많아도 활력이 넘치는 사람도 있다. 자기 스스로 늙었다고 생각하면 나이와 상관없이 노후이다. 100세가 넘어도 스스로 현역이라 생각하면 아직 노후가 아닌 것이다.

활기차고 독립적인 신중년, 신노년들이 고령사회에서 새로운 문화를 만들어 나갈 것이다. 아니 이미 만들고 있다.

나이 잊은 청춘들

나잇값에서 벗어나라

'행복해지려면 철들지 말라'라는 말이 있다. 행복해지고 싶으면 나이가 주는 고정 관념과 '나잇값 하라'는 사회적 압력에서 벗어나 자기 욕구에 충실하고 꿈을 실현하는 데 더 많은 에너지를 쏟으라 는 의미일 것이다.

은행에 갔다가 순서를 기다리는 동안 〈브라보 마이라이프〉라는 잡지를 보았다. 그 잡지에는 1970년대 포크 음악의 전설이었던 '쎄

시봉'의 막내인 김세환 님의 인터뷰 내용이 실려 있었다. 그는 지금도 여전히 활발하게 활동하며 전성기를 이어가고 있다. 기사에는 그의 나이가 나와 있지 않아서 따로 검색해 보니 1948년생으로, 70대에 들어섰다.

"나이는 숫자에 불과하다는 말은 듣기도 싫어요. 그게 뭐가 중요해요? 내 마음, 내 현재가 중요하지."

"겉으로 보이는 것은 바꿀 수 없지만 속은 바꿀 수 있잖아요? 70이 되면 그 나이에 맞게 어떻게 해야 한다는 생각, 그건 아니지요."

그는 긍정적인 사람을 좋아한단다. 그리고 긍정적인 사람이 되려면 상대를 이해할 줄 알아야 한다고 했다. 그래서인지 그가 부르는 노래도 밝고 그 또한 즐거운 노래가 좋다고 말한다.

그는 또 소문난 자전거 마니아이다. 1986년에 국내에서 처음으로 MTB를 타기 시작해서 30년 넘게 자전거를 타고 있다. 요즘은 그가 속해 있는 자전거 클럽에 가장 많은 시간을 쏟고 있다.

그는 매일 11시 전에 잠들고 새벽 3시나 4시께 일어난다.

"그 새벽이 내 시간이에요. 인터넷으로 전 세계를 돌아다니죠. 사진, 의상, 스키, 운동, 신문, 유튜브…… 다 있어요. 세계를 알고 세상의 변화를 익히는 것만으로도 하루가 바빠요."

그는 현재의 트렌드와 함께 숨 쉬며 살아가고 있었다. 자신의 나이에서 자유로운 사람이었다. 그것이 그가 오래도록 젊음을 유지하는 이유이다.

얼마 전 TV에서 소개된 인터넷 스타 여용기 님의 이야기이다.

남포동의 닉 우스터^{Nick Wooster}(이탈리아의 유명한 패셔니스타이면서 패션디렉터. 60대의 나이에 작은 키에도 자신에게 잘 어울리는 옷차림을 해서 패션계에서는 옷 잘 입는 걸로 세계적인 명망이 있는 사람)라고 불릴 만큼 옷 잘 입는 할아버지로 유명한 그는 대한민국 대표 꽃할배이다.

나이를 뛰어넘는 다양한 스타일의 옷을 입고 그 사진을 올리는 그는 4만 4,000명이 넘는 인스타그램 팔로워를 보유하고 있다. 그의 본업은 양복점 마스터 테일러(재단사)로, 옷만 잘 입는 것이 아니라 잘 만들기로도 소문나 있다. 19세부터 양복을 만들기 시작해 실력을 인정받았지만 기성복 시대에 밀려 양복점을 접어야 했다. 그후 17년 만에 다시 옷을 만들기 시작했지만 사람들은 여전히 양복점을 찾지 않았다. 사람들 대부분이 기존의 양복과 전혀 다른 옷을 입고 있었기 때문이다.

세상이 많이 변했다는 것을 알게 된 그는 자신의 고집부터 버렸다. 그리고 길거리의 젊은 사람들이 어떤 옷을 입고 다니는지를 살폈고, 젊은 사람들이 즐겨 읽는 잡지도 찾아봤다. 또한 옷 시장의 흐름을 살펴보고 새로운 옷은 직접 입어 봤다. 이렇게 고집을 버리고 새롭게 변화한 그는 젊은 감각의 맞춤 정장을 선보이는 편집숍에서 일하고 있다.

여용기 님은 일상에서도 단정하고 감각적인 옷을 입는다. 언제나 옷에 구김이 가지 않게 매무새를 다듬는 게 습관이 됐다. '내가 옷을 만드니까 더욱 옷을 잘 입어야 한다.'라는 철학을 가지고 있는 그는 멋진 옷을 입으려면 몸매 관리 역시 중요하다고 강조한다. 그래서 매일 아침 2시간 동안 등산을 한다.

이렇게 자기 일을 즐기며 자기 관리에도 철저한 그는 "오빠와 아저씨는 한 끗 차이"라고 말한다.

건강한 몸에서 젊은 마음이

우리 부모 세대에게 50이 된다는 것은 이미 죽음을 향해 서서히 발길을 옮기는 것이었다. 하지만 우리 세대에게 50세는 이전의 생활과는 전혀 다른 새로운 선택을 할 수 있는 나이이고, 새로운 인생을 위해 이전에 상상만 했던 것들을 시도해 볼 수 있는 시기이기도 하다. 물론 그 시작은 60대에도 70대에도 가능하다.

우리가 청춘이었을 때 나이 60이 되면 뒷방에 누워 있거나 병원에 있을 줄 알았다. 하지만 지금 대부분의 60대에게 그런 일은 일어나지 않는다.

지금 50대들은 직장에 다니든 아르바이트를 하든 대부분 열심히 일을 하고 있다. 60세가 넘어야 비로소 등산을 하고 여행을 하고 자전거를 탄다. 운동과 학습으로 그들만의 시간표를 가득 채우고 있다. 오히려 젊었을 때 못했던 운동을 열심히 할 수 있어 더 건강해지고 근육이 더 튼튼해진 사람도 부지기수다.

나잇값에 굴하지 않으려면 몸과 마음을 젊게 유지하도록 애써야 한다. 건강에서 자신감이 나오고, 그 자신감에서 새로운 시작, 새로운 시도가 나오기 때문이다.

미국 컬럼비아 대학의 헨리 로지 교수는 생물학적으로 나이가 들면 성장이나 퇴화는 있을지 몰라도 은퇴나 노화는 없다고 말한다. 80대까지 40대의 건강을 유지할 수 있다고 한다. 그의 이론은 간단하다. 우리의 뇌를 속이라는 것이다.

이를 위해서 가장 중요한 것은 일주일에 4일 정도 땀이 나도록 운동을 해야 한다는 것이다. 그렇게 해야 뇌를 속여 젊게 살 수 있다. 땀이 나도록 운동을 하면 땀과 함께 수백 개의 화학 신호가 우리 몸 구석구석에 보내지면서 고장 난 곳을 스스로 찾아내어 치료

하고 퇴화를 가로막고 성장을 촉진시킨다. 사람 몸은 나이가 들면 기계처럼 기능이 떨어지는데 그 중에서도 혈관과 관절이 가장 문제가 된다. 그 문제를 약으로 해결하려 한다면 내성만 기를 뿐 결코 근본적인 대책이 될 수가 없다. 헨리 로지 교수에 의하면 대책은 오직 '운동'이다.

한국인이 평균 수명까지 생존한다면 암에 걸릴 확률은 26퍼센트 정도라고 한다. 운동은 이러한 암 뿐만 아니라 모든 병을 막아주는 파수꾼 역할을 한다. 운동은 비만을 사전에 예방하고, 신체의 각종 호르몬 수치에 변화를 주고, 음식물이 장에 머무는 시간을 줄인다. 근력 증가와 체력 향상은 물론이고 면역력 강화와 정신 건강까지 보너스로 얻는다.

운동은 장수를 떠나 건강한 인생을 살려면 선택이 아니라 필수이므로 하루라도 빨리 시작하는 것이 좋다.

정신 건강에도 육체 운동이

육체적 건강 못지않게 정신 건강도 중요하다. 우리들이 노후를 준비할 때 재정적 문제나 신체 건강을 유지하기 위해서는 나름대로 계획을 세우지만 정신 건강은 쉽게 놓친다. 하지만 건강하고 의미 있는 인생을 위해서는 정신 건강 또한 잘 유지해야 한다. 이러한 정신 건강을 위한 대책도 역시 운동에 있다.

뇌의 기능을 향상시키기 위해서는 두뇌 훈련보다 신체적 운동이 효과적이라고 한다. 플로리다 주립대학 연구팀에 의하면 기억력을 향상시키거나 인지력 쇠퇴 및 장애를 예방하는 데 두뇌 게임은 그렇게 효과가 있지 않았다고 한다. 연구팀은 정신 훈련이 단기적인 결과를 내는 반면에 에어로빅 같은 신체 운동은 뇌 속에서 유익한 구조적 변화를 이끌고 기능을 향상시킬 수 있다고 말한다.

기억력에 문제가 있는 노인들이 6개월 동안 주 4회, 45분씩 운동한 결과 사고 능력이 향상되고 뇌 속의 독성 단백질 수준이 감소했다. 활기찬 운동은 기억 손상 환자의 뇌 속에서 문제가 되는 부위의 혈류의 흐름을 향상시킨다.

이렇듯 신체적 운동과 두뇌 게임을 병행하면 기억력 상실과 인지 기능 쇠퇴를 예방하는 데 도움이 되지만 두 가지 중 더 중요한 것은 운동이라고 한다.

안티에이징 전쟁

나이는 왜 물어

예전에는 사람들을 만나면 초면이라도 나이나 가족 사항, 결혼 여부, 직업에 대해 묻는 것을 아무렇지 않게 여겼다. 어떤 만남이든 일단 호구 조사부터 하고 대화가 시작되곤 했다.

요즘은 정식으로 자기소개를 하는 자리가 아닌 경우에는 대뜸 이런 것들을 물어보는 게 조심스러워졌다. 별 친분도 없는 사이에 이런 걸 물어대면 실례라는 생각이 많이 퍼져 있다. 사생활 보호에 대한 인식도 많이 진화되었고, 개인주의적인 경향도 늘어났기 때문으로 보인다.

특히 결혼 여부나 나이를 묻는 게 더 조심스럽다. 아마도 비혼, 만혼, 이혼이 많아지고 나이와 상관없이 젊게 살려고 하는 사람들이 많아져서일 것이다.

예전에 미국과 일본에서 생활한 적이 있는 남편은 그런 질문을 하는 것을 아주 싫어한다. 우리나라 사람들은 왜 그렇게 개인의 사생활 영역에 훅 들어오는지 모르겠다며 아주 결례라고 지적한 지 오래이다. 처음 보는 사람에게 결혼을 했는지 물을 뿐만 아니라 미혼이라고 하면 왜 결혼을 안 했냐고 묻는 일도 허다하다. 친하지도 않은데 자기한테 간단치 않은 사연을 털어놓으라는 꼴이니 참 곤란한 일이다.

처음 만난 자리에서 수입을 대놓고 물어보는 사람들도 여럿 보았다. 나는 나이를 말해 주는 건 별로 꺼릴 것이 없는데 수입을 물어보면 상당히 당황스럽다. 그래서 머리로는 처음 만나는 사람들에게 사적인 것을 될 수 있으면 묻지 말아야겠다는 생각은 하고 있다.

상대방 나이는 궁금해

하지만 솔직히 말하면 나는 늘 상대방의 나이나 직업 등 개인사가 궁금하다. 남편은 초면에 사적인 질문을 하는 나를 교양 없는 사람으로 취급하면서 그게 왜 궁금하냐고 타박을 주는데 그러면 나는 그게 왜 안 궁금하냐고 맞선다. 상대방에 대한 관심이 그렇게 죄가 되는지?

특히 나이에 대한 궁금증은 나이를 중심으로 서열이 정리되는 사회에서 평생을 살아와서 생긴 게 아닐까 싶다. 상대방 나이가 나보다 위인지 아래인지 알고 싶어하는 마음이 유전자에 깊이 각인되어 있나 보다. 존대법을 가지고 있는 우리말도 중요한 원인이라고 생각한다.

나이나 직업이나 가족 관계를 묻지 못한 채 다른 이야기만 빙빙 돌리다 보면 대화도 잘 이뤄지지 않는다. 초면의 '어색함 깨기(아이스 브레이크)'용 대화 소재로 좋은 것이 날씨나 사는 곳, 하는 일, 가족 이야기 등이다. 이 이야기를 하다 보면 추가 질문도 자연스럽게 할 수 있어서 대화가 잘 풀린다. 나이도 파악이 돼야 말을 좀 더 정중하게 할 건지 아니면 좀 편하게 할 건지 결정된다. 남자들은 금방 형님, 동생 하면서 더 빨리 편한 사이가 되기도 한다.

서양에서는 상대방을 부를 때 나이나 직위를 막론하고 무조건 이름을 부르지만 서양 문화와 다른 우리나라에서는 상대방을 어떻게 불러야 할지 고민스러울 때 나이 또는 직업이 참고가 되기도 한다. 그래서 상대방의 직위로 호칭을 대신하는 문화가 생겼을 것이다. 선생님, 과장님, 이사님, 회장님, 작가님 등등.

'나이는 숫자에 불과하다'라고 외치는 사람들을 보면 정작 나이 밝히기를 싫어한다. 이들은 대개 몸과 마음을 젊게 관리하고 열정적으로 사는 사람들이다. 나도 나이를 먹어가니 시도 때도 없이 주민등록번호 또는 생년월일을 써내라고 할 때마다 기분이 좋지는 않다. 개인 정보 누출도 싫지만 나이를 밝히는 게 탐탁지 않아서이다.

그렇다고는 해도 나이를 물어오는데 굳이 말하지 않을 정도는 아니다. 나이가 주는 고정 관념대로 사람들에게 비춰지고 싶지 않은 마음은 이해가 되지만 끝내 자기 나이를 밝히지 않는 사람을 보면 당황스럽다. 쳇, 그게 뭐 대단한 국가 기밀이라도 된다고. 뭐든 지나치면 좋지 않다고. 젊어 보이고 싶은 그 욕망이 지나친 걸로 보인다.

한편 나이를 물어보면 몇 살로 보이냐고 되묻는 사람이 있다. 이런 사람도 질색이다. 내가 왜 자기 나이를 맞춰야 되는가? 함부로 높이 불렀다가는 젊게 봐 주기를 기대하는 게 뻔한 상대방의 기분을 거스르게 된다. 그 반문 속에는 '나는 나이보다 훨씬 젊어 보인답니다.'라는 자랑이 숨어 있으니까. 가끔은 그 자랑질에 맞장구쳐 주기 싫은 심술이 발동한다. 혼자만 젊어 보이는 거 아니거든. 요즘은 제 나이보다 훨씬 어려 보이는 사람 천지이다.

몇 살로 보이냐는 그 질문에 보통은 "나는 그런 거 잘 못 맞춰요."라고 대꾸하지만 속으로는 '그런 거 맞추고 싶지 않으니 냉큼 말씀하시지.'라고 생각한다. 뜬금없는 퀴즈를 내려면 상품이라도 준비하시든지.

동안 열풍 또는 동안 숭배

어찌 됐든 요즘 인사말 중에는 너나 할 것 없이 '젊어 보인다'는 말을 가장 반가워한다. 나이 좀 들었다는 사람들뿐 아니라 30대만 되어도 이 말을 좋아한다. 심지어 20대조차도.

나 역시 '젊어 보인다'는 말을 좋아한다. 엄청 좋아한다. 그 말을 들으면 나도 모르게 웃음이 피어난다. 빈말인 줄 알면서도. 아, 나 좀 모자라 보이는 거 아닌가라고 생각하면서도 좋은 건 어쩔 수 없다. 그래서인지 나도 그 인사말을 자주 사용한다. 상대방이 좋아하니까.

예전에 한 남자 동료 교사가 했던 말이 생각난다.

"여자들은 젊었건 늙었건 예쁘다고만 하면 무조건 좋아해요. 그냥 해 보는 말에도 깜빡 넘어간다니까요. 참 바보 같아요."

그 말에 모두 다 웃고 말았지만 속으로는 어찌나 찔리던지.

'예쁘다'는 말은 주로 여자들한테 효과 만점이지만 '젊어 보인다'는 말은 남녀노소 불문하고 누구나 기분 좋게 만드는 말이 된 듯하다. 진심이든 아니든, 시도 때도 없이 아무에게나 해도 되는 말이 되었다.

실제로 내가 만나는 사람들 대부분은 나이보다 젊어 보인다. 일정한 나이에 떠오르는 이미지는 주로 우리 부모 세대들이 늙어가는 모습을 보면서 갖춰진 것이다. 우리 부모 세대의 50대, 60대, 70대 모습을 선명하게 기억한다. 내 의식 속에 있는 나이대가 갖는 이미지와 주변에서 실제로 보는 사람들의 나이는 간격이 꽤 크다.

요즘 사람들이 대략 10년 정도는 어려 보인다. 운동하고 관리하고 꾸미는 일이 일상화된 시대에 당연하기도 하다. 10년 이상 젊어 보이는 사람도 종종 만난다. 그래서인지 요즘 시대의 신체 나이는 '자기 나이 곱하기 0.7'을 하면 된다는 말도 광범위하게 퍼져 있다.

노화에 대한 거부감

'동안 열풍'이 거세다. '안티에이징 전쟁'이라고 할 정도로 사람들은 젊어 보이려고 애를 쓴다. 건강을 유지하려고 열심히 운동하고 몸에 좋은 음식, 영양제 등을 챙겨 먹는다. 그리고 적지 않은 돈을 들여서 의학과 화장술의 힘을 빌리는 것은 흔한 일이 되었다. 이는 사람들의 의식 속에 젊음에 대한 동경이 강하게 자리잡고 있다는 증거이다. 동시에 늙음은 무언가 가치 있는 것의 상실이라 생각해 그것을 부정하거나 거부한다.

노화에 대해 초연해지기란 쉬운 일이 아니다. 늙는다는 것은 눈꺼풀이 늘어지고 주름살이 늘고 행동이 느려지고 말귀를 못 알아듣고 고집스러워지고 자세가 꾸부정해지는 등 부정적인 이미지들을 떠오르게 하기 때문에 사람들은 노화에 대해 두려움을 갖게 된 것이다.

현대 사회에서 '노인'이란 젊음, 활기, 노동력, 놀이, 창조 등 사회가 가치 있다고 평가하는 것들과는 거리가 먼 존재로 생각된다. 과거에는 경험과 기술을 젊은이에게 전수해 주는 연장자가 사회적 존경의 대상이 될 수 있었지만 현대 사회에서 늙은 사람은 자신의 직업을 잃어버리고, 더 이상 직장을 구할 수 없고, 사회를 주도하는 집단에 끼지 못하는 존재가 되었다.

사람들은 노인을 능력이 부족하거나 유연성이 부족한 사람으로 취급한다. 이런 고정 관념은 젊은이들만 갖고 있는 것이 아니다. 여러 연구에 따르면 오히려 노인들 자신이 다른 노인의 행동이나 외모에 나타나는 사소한 변화에도 매우 부정적인 평가를 내린다고 한다.

물론 이런 고정 관념이 꼭 나쁜 것만은 아니다. 노화에 대한 편견이 많은 사람일수록, 즉 노인은 병약하고 추하다고 생각하는 사람일수록 자신은 그런 모습에서 벗어나려 노력한다고 한다. 노인에 대한 고정 관념은 서로 모순적인 효과를 나타낸다. 한편으로 노화로 인한 불안감을 더욱 크게 만들기도 하지만 다른 한편으로는 다른 노인들과 비교하면서 자신의 만족감과 자존감을 높이기도 한다는 것이다.

동안 열풍의 굴레

동안 열풍이 우리나라에 유독 심한 이유는 우리 사회가 나이에 따른 차별이 크기 때문일 것이다. 나이 들어가는 사람은 누구든지

이 차별이 주는 모욕감과 스트레스를 경험했을 것이다.

취업 전선에서 나이가 결정적인 제약이 되는 건 말할 것도 없다. 대학을 졸업하고 몇 년만 지나도 취업에 불리해진다니 더 나이 든 사람은 말해 뭘 할까? 현직에 있을 때조차 어느 정도 나이를 먹어 가면 젊은 사람들을 위해 자리를 양보해야 되지 않나라는 눈총도 무시 못한다. 특히 여성이 나이가 많을 때 그 스트레스는 엄청나다. 남자들이 전문가 대접을 받기 시작하는 40대 이후에 많은 여성들은 같이 일하기 부담스러운 사람이 되기 일쑤이다.

젊은이들이 많이 드나드는 카페나 음식점, 클럽 등에서도 나이 든 사람을 노골적으로 싫어한다. '물 흐린다'는 이유 때문이다. 박범신의 소설 《은교》에도 70대의 주인공이 클럽에 들어갔다가 실내를 가득 메운 젊은이들의 '저 늙은이는 뭐야?' 하는 차가운 시선에 떠밀려 나오며 불쾌해 하는 장면이 나온다. 노인들은 '자기 돈을 내고도' 마음대로 갈 수 없는 장소들이 매우 많다.

현대 의학과 광고가 만들어 낸 이미지 때문에 노화에 대한 저항은 한층 더해진다. 그들은 계속 사람들을 자극한다. 젊어지고 날씬해지고 예뻐져야 한다고. 그렇지 않으면 게으른 거라고. 자기 관리 능력이 없다고. 이렇게 자극을 해야 사람들이 아름다움과 성적 매력을 갈고 닦으려고 하고 거기에 돈을 쓰게 되니까.

그러나 돈 들여서 좀 젊어 보인다고 해 봤자 젊은이들과 경쟁할 수는 없는 노릇이다. 나이 먹어서도 젊은이처럼 되려 하고 젊은이를 흉내 내봤자 젊은이가 될 수는 없는 일. 말하자면 '열등한 청춘'이 되는 것이다.

사람들과 교류를 하다 보면 초면에는 좀 젊어 보여도 이야기를 나눌 때 목소리와 말투, 사용하는 어휘, 행동 등을 통해 나이가 갖는 연륜(?)을 쉽게 추측할 수 있다.

나도 내 또래 사람들보다는 젊어 보이고 아직 노인 분위기는 나지 않을 거라고 착각하고 살고 있다.(착각은 행복의 지름길이다.) 그런데 가끔 바른말 잘하는 절친한 후배에게서 "선생님, 원래 나이로 보이거든요."라는 충격적인(!) 말을 듣는다. 그 말은 들을 때마다 충격이다.

고미숙 문학평론가는 젊은이를 흉내내려고 애쓰는 '열등한 청춘'들에게 이렇게 일갈한다.

"이제 가을을 맞아 열매를 맺어야 하는 시기에 들어섰는데 꽃피는 그 시절의 벚꽃을 흉내내려고 하면 얼마나 부자연스럽습니까? 50대, 60대인데 안 늙는 연예인들 있잖아요. 소름이 쫙 끼쳐요. 저러다 죽을 때는 얼마나 억울할까요?"

연예인들의 경우 그들이 죽는 순간에 얼마나 억울해 할지 내가 염려할 필요는 없겠지만 문제는 지금 그들의 부자연스러운 얼굴을 TV 화면으로 보는 것이 괴롭다는 거다. 주름 하나 없이 팽팽하지만 얼굴이 퉁퉁 부어터지고 변형되어 예전에 내가 알던 그 사람이 전혀 아니다.

도대체 연기자라는 사람이 얼굴 근육을 마비시키는 시술을 해서 다양한 얼굴 표정을 만들어 낼 수 없다니! 직업적으로도 직무유기이다. 그 변형된 얼굴들이 낯설고 어색해서 그들의 역할에 몰입할 수가 없다. 그 입에서 나오는 대사가 영 귀에 들어오지 않는다. 연기자 김○○ 님은 너무 끔찍하게 변해 버려서 TV에 나오는 그의 모습에 나도 모르게 "으악!" 하고 말았다. 그런 얼굴로 TV에 출연하는 이도, 출연시키는 이도 정말 대단한 사람들이다.

겉모습보다 내면의 아름다움을 가꿔야 된다는 상투적인 이야기는 하고 싶지도, 듣고 싶지도 않다. 믿지도 않는다. 나도 내 주름이 싫으니까. 나도 외모를 가꾸려고 애쓰니까.

하지만 자연스럽게 주름진 김혜자 님의 얼굴이 앞에서 말한 김○○ 님의 괴기스러운 얼굴보다는 훨씬 아름답다. 진심.

몸으로부터의 자유?

신체 노화에 맞서는 안티에이징 전쟁에 발을 들여 놓았다면 엄청난 노력과 인내심과 에너지를 투자해야 한다. 무엇보다 많은 비용이 든다. 그렇게까지 노력을 기울일 가치가 있을까? 이런 노력을 다른 데 투자하는 것이 더 뜻깊은 것은 아닐까? 라고 말하는 사람들도 있다.

고미숙 평론가가 강의를 했는데 주제가 '청춘으로부터의 해방, 몸으로부터의 자유-어른으로 늙어갈 용기'였다. 강의 주제 문구만으로도 시선을 확 잡아끌었다. 강의 주제만 보고도 '이렇게 의연하게 늙고 싶구나.' 하는 마음이 절로 생겼다. 하지만 나는 늙어 보이기 싫어하는 이 시대의 '보통' 시니어이기 때문에 계속 심지 굳게 살 수 있을지는 별개 문제지만.

유행의 한복판에서 늘 망설이고 뒷북치는 소심쟁이인 나는 다른 사람들이 젊게 보이는 시술을 한 경험을 말하면 큰 관심을 보인다. 그렇다고 그들을 따라서 안티에이징 전쟁에 선뜻 뛰어들지도, 노화에 초연한 멋지고 당당한 노인이 되지도 못한다.

다만 내 생각은 이렇다. 사람들이 더 이상 나를 여자로 봐 주지 않는다고 해도 다른 사람들의 눈 때문이 아니라 내가 거울을 통해

내 모습을 늘 보기 때문에 외모를 가꾸고 건강함을 유지하는 것은 중요하다. 자신감은 인생에 의욕과 활력을 주고 내 인생을 행복하게 하는 데 중요하니까.

노티즌들의 대활약

낯선 디지털의 세계

80세 전후의 할머니 신도 몇 명이 신부님과 함께 성지 순례를 갔다. 신부님과 사진을 찍겠다고 할머니들이 신부님 주위에 섰고 사진을 찍기로 한 할머니가 휴대폰을 들고 버벅거린다. 한참 헤매다 드디어 사진을 찍고 나서 말씀하신다.

"신부님, 사진에 왜 내 얼굴이 나와요?"

다음은 또 다른 친구의 이야기이다.

시집간 딸이 와서 스마트폰에 '하이빅스비'앱을 깔아 주었다.

"하이빅스비!"라고 외치면 카카오톡도 열어 주고 문자도 보내 준다. 신기하기 짝이 없다.

다음날 아침, 친구는 일어나자마자 아들한테 신기한 거 보여 준다면서 주문을 외듯 스마트폰을 향해 외친다.

"하이빅보이!"

반응이 없다. 아무리 외쳐도 여전히 묵묵부답이다.

"안 되네. 하루 밤새 스마트폰이 바보가 됐나 봐."

옆에 있던 남편이 도와준다.

"빅보이가 아니고 빅스비라고 했던 것 같은데."

"아, 맞다. 깔깔깔. 빅스비! 빅스비!"

여전히 반응이 없다. 그러자 남편이 답답한 듯 소리친다.

"빅스비가 아니고 하이빅스비라고!"

학교에 근무할 때 나이 많은 교사들이 변화된 전산 시스템에 적응하지 못하고 매사를 젊은 교사들의 도움을 빌리면서도 당연하게 여기는 경우가 있었다. 안 그래도 젊은 교사들에게는 소속이 불분명한 업무가 몰리게 마련이다. 그런데 선배 교사들이 자신이 해야 할 문서 작성, 교안 작성, 시험 문제 출제 등과 같은 최소한의 서류

작업도 못 해서 후배 교사들이 떠안게 되니 민폐도 이런 민폐가 없다. 설마 지금은 그런 사람이 없겠지?

블로거 언니

코이카 해외 봉사단으로 캄보디아에 갔을 때 파견 동기 중에 부산 출신 왕언니가 있었다. 당시 60대 중반이었던 그 언니는 초등학교 교사로 근무하다가 퇴직한 후 지역의 관현악단이나 합창단에 소속되어 활발하게 봉사 활동을 하다가 음악 교육 분야로 캄보디아에 오게 된 것이다. 나이는 제일 많은데 코이카 활동을 블로그에 올리면서 열심히 사진도 찍고 글도 올리고 하는 것이 신선했다.

알고 보니 그녀가 온라인 세계에 입문한 것은 아주 오래 전이었다. 그녀가 50대 초반이었을 때 학교에 컴퓨터가 보급되기 시작했는데 나이 든 교사들은 이 새로운 기계를 어떻게 다루어야 할지 난감해 했다. 컴퓨터로 채팅을 하면 타자도 늘고 익숙해진다는 젊은 교사들의 제안에 그녀는 채팅을 시작했다.

여러 채팅방을 전전하던 중 'SBS 노랑방'이라는 채팅방에 재미를 붙였다. 그곳은 우리나라 전국뿐만 아니라 전 세계에 있는 사람들과 실시간으로 교류할 수 있는 채팅방이었다. 그곳에는 해외 동포들이 많았는데 한국말을 하고 싶어서, 고향 소식이 궁금해서 이 채팅방에 들어왔다고 했다. 그리고 이들이 고국을 방문하면 전국 여러 곳에서 번개 모임이 이루어졌는데 그 시간만 재미있게 보내고 오면 되는, 부담 없는 모임이었다. 언젠가 미국에 여행 갔을 때는 채팅에서 만난 사람들과 함께 차를 타고 미 서부 일대를 돌기도 했다.

시간이 흘러 사람들이 채팅에 시들해지자 그녀는 카카오스토리에 재미를 붙여서 봉사 활동 하는 사진과 글을 열심히 올렸다. 그리고 카카오스토리에 올린 사진을 이용해 '퇴직 후 봉사 활동 수기'를 써서 지역 신문사에서 상까지 받았다.

그러다 코이카 봉사단에 합격하면서 블로그를 만들어 봉사 활동을 날마다 기록했다. 이런저런 이유로 SNS를 사용하지 않고 있던 나는 블로그를 누가 만들어 주었냐고 그녀에게 물어보았다. 그녀는 만드는 거는 쉽다며, 스스로 했다고 대답했다. 그 대신 관리하기가 쉽지 않았는데 "와 이리 안 되노?" 하면서 혼자 낑낑대다가 젊은 단원들에게 물어보면 1분 만에 해결해 준단다. 또 컴퓨터 원격 관리 프로그램인 '팀비오'도 깔아 와서 한국에 있는 사위하고 통화하면서 컴퓨터의 문제들을 해결하기도 했다.

그걸 보면서도 나는 여전히 SNS 활동을 남의 일로만 여겼다. 배울 생각은 안 하고.

새로운 것에 대한 호기심은 줄고 새로운 것에 대한 두려움은 늘어나는 노인들이 선뜻 다가가지 못하는 그 세계에 주저 없이 시도하는 그녀의 용기가 참 대단해 보였다.

늘어나는 노티즌

디지털 세계에서 인생을 즐기는 노티즌(노인 네티즌)이 폭발적으로 늘고 있다. 인터넷 세상은 디지털 문화에 익숙하지 않다고 생각했던 노년 세대까지 흔들어 깨웠다. 수많은 노인들이 컴퓨터 또는 스마트폰을 들여다보고 있다.

한국인터넷진흥원이 2016년에 디지털 정보 격차 실태를 조사한 결과 전 국민의 디지털 정보화 수준을 100으로 보았을 때 장노년층 디지털 정보화 수준은 54퍼센트로, 노인들의 인터넷 이용은 해마다 빠른 속도로 증가하고 있다.

일단 '네티즌'이라는 신분을 얻은 노인들, 또래보다 먼저 온라인 세계에 들어선 노티즌들은 정보, 거래, 교류, 나눔, 소통을 실천하면서 인터넷을 활용해야 할 필요성을 몸소 보여 주고 있다. 특히 은퇴가 본격적으로 시작된 베이비붐 세대들은 과거 노인과는 다른 라이프 스타일을 지니고 있는데, 그 중 하나가 가족 및 친지와 SNS를 통해 소통하는 등 스마트 기기에 익숙한 '실버서퍼'가 많다는 것이다. 은퇴한 분들 중 사진이나 여행이 취미인 분들은 SNS에 열심히 사진과 사연을 올린다.

대전에서 순댓국집을 운영하고 있는 조재성 님은 70대인데 '선생님', '어르신'이라는 존칭보다 '형', '큰형님'으로 불러 달라며 젊은 친구들에게 격의 없이 다가간다. 사실 그는 은퇴 이후 고립된 삶에서 벗어나기 위해 고시 공부 하듯 컴퓨터를 배워 SNS를 시작했다. 가상의 공간에서 연령과 사회를 초월한 친구들과 소통한 결과 그는 10년 전보다 더 가뿐한 몸과 마음으로 즐겁게 산다. 그 결과 몇 해 전에는 접었던 가게 문도 새로 열었다.

거의 모든 문화센터나 복지관에서는 노인들을 대상으로 하는 컴퓨터 교육, 스마트폰 교육 프로그램이 있어서 노인들이 열정적으로 배우고 있다. 복지관에 다니는 고령의 어르신들은 전문 강사에게서 체계적인 디지털 교육을 받기 때문에 생업에 바쁜 50대보다 오히려 디지털 기기를 더 잘 사용하기도 한다. 사진과 동영상 편집까지 배운 노인들은 자신이 만든 영상을 편집해 스마트폰에 올리고 카카오톡이나 페이스북에 퍼 나르기도 한다.

90대인 김수성 님은 카카오톡 단체방이 10여 개에 이른다. 친구들 상당수가 사망했지만 복지관에서 만난 새 친구들과 의사소통하는 수단으로 카카오톡을 사용한다.

이처럼 카카오톡 단체방을 통해 가족, 친지, 친구와 문자로 소통하는 노인들은 매우 흔하다.

유튜브스타 할머니

젊은이들의 전유물이라고 여겼던 SNS에서도 대단한 활약을 펼치는 노인들이 있다.

힙합 비트가 깔리는 가운데 곱게 화장하고 셰프 모자를 쓰고 예쁜 앞치마를 입은 할머니가 빠른 말투로 이야기한다.

나보당 다이어트 음식 만듬담서

할머니도 그놈 먹고 살 빼라고 그러드라고

지가 살을 빼라 마라 염병하고 있어

살 뺄라믄 처먹지를 말어

다이어트 음식 같은, 놀고 있어

야, 다이어트면 다이어트지 다이어트 음식은 또 뭐냐

어제 저녁에도 뭔 살 뺀다는 가시내가 밥 안 먹는다더니

무슨 떡볶이만 잔뜩 사왔더라고

(깔깔깔 손녀인 듯한 어린 여성 웃음소리)

저 가시내가 자꾸 뭐 사와 갖고 처먹음서

나 먹으라고 해 가꼬 나도 살쪄 가꼬 시방

내 옷도 시방 잘 안 잠궈진다니까

짜증나 죽겠어

(중략)

꼭 살찐 것만 사 와

떡볶이만 사옴 다행이게

튀김 순대도 사 왔지

너 정신 좀 차려

처먹을 거 다 처먹으면서 무슨 살을 빼!

일단은 처먹지를 않아야지.

거침없이 내뱉는 구성지고 찰진 전라도 사투리로 손녀와 재치 있는 입담을 펼치는 70대의 박막례 님이다. 큰 웃음을 선사하면서 SNS에서 인기를 얻고 있는 할머니의 유튜브 구독자 수는 32만여 명이다. 2017년 9월까지 올린 54개 게시물에 대한 누적 조회 수는 2,427만 8,000여 회이다.

손녀와 서문 야시장에 들른 80대 김영원 님. 2만 원으로 야시장을 돌며 야무지게 드시기 시작한다. 불막창, 스카이에그바비큐, 생크림과일, 탕수육…….

각종 음식을 먹어대는 '먹방'으로 유명해진 분이다. 선한 얼굴로 맛나게 드시는 모습을 보면서 많은 젊은이들이 자신의 할머니가 생각난다며 행복해 하고 자기 할머니에게 안부 연락드리겠다고들 하면서 좋아한다. 시골의 여느 순박한 할머니들을 떠올리게 하는 김영원 할머니는 '영원씨TV'로 11만여 명의 구독자를 보유하고 있다.

인스타그램에도 노인 스타

2030세대의 이용 비율이 압도적으로 높은 인스타그램에서도 고령자 스타가 있다.

일본 SNS에서 유명한 니시모토 키미코 님은 엽기 사진을 통해 SNS 스타로 등극한 아마추어 사진작가이다.

사진 속 할머니는 맥주 탈을 쓴 채 맥주를 마시거나 쓰레기봉투에 들어가 있는 등의 익살스러운 모습을 보이고, 타고 가던 오토바이가 넘어지거나 삽에 머리를 맞은 듯한 위험천만해 보이는 사진까지 있어 주목을 끌었다.

2000년, 니시모토 키미코 님은 아들이 다니던 사진 학원의 열린 강좌를 통해 사진을 처음 배웠다. 그녀의 나이 72세였다. 10여 년 뒤 학원에서 개최한 '자화상 33인전'에 사진을 출품하면서 아마추어 작가로 활동을 시작했다.

멈추지 않고 꾸준히 사진을 배운 니시모토 키미코 님은 사진 찍는 기술은 물론 사진 보정도 웬만한 아마추어 못지않은 실력을 갖추게 되었다. 덕분에 언뜻 보면 위험한 장면들도 안전한 상황에서 사진을 찍고 수준급 보정 실력을 통해 만들어진 거라고 한다.

매일 그림을 그려 인스타그램에 올리는 70대 할아버지도 있다. 브라질 상파울루에 사는 교포 이찬재 님은 팔로워 30만 명 이상을 확보한 인스타그램 스타이다.

그는 한국과 미국에 사는 세 명의 어린 손자들이 그리울 때면 스케치북을 편다. 손자들과 얽힌 추억, 알려 주고 싶은 한국의 전통문화, 함께 보고 싶은 자연 풍경 등을 그림으로 남긴다. 이 그림을 사진으로 찍어 페이스북과 인스타그램에 올리면서 글도 곁들이면 손자들에게 부치는 그림 편지가 완성된다.

무엇보다 큰 기쁨은 한국의 두 손자가 방과 후 제일 먼저 할아버지의 SNS에서 그림을 보는 것이다. 그는 "손자들이 기다리는 걸 생각하면 그림 업로드를 하루도 쉴 수 없다"고 말한다.

인터넷은 내 친구

인터넷은 노년의 고독을 해결해 주는 친구이자 건강을 지키게 해 주는 의사 그리고 혼자 사는 노인을 위한 가족이 될 수 있다. 노인들이 인터넷을 이용하면서 외로움, 우울증을 줄일 수 있고 즐거운 노후를 보낼 수 있다.

기동성이 떨어지는 연장자와 외출이 자유롭지 못한 고령자일수록 더욱 필요한 게 컴퓨터 활용 능력이라고 생각한다. 인터넷은 노인들이 세상과 단절되지 않도록 해 준다. 노인(의료) 시설에 있거나 신체 마비가 온 상황에서도 소셜 네트워킹을 통해 전 세계인과 교류하면서 공간적 자유로움을 만끽할 수 있다.

60대에 아내를 잃은 전 자영업자가 말한다.

"집에는 아무도 없지만 인터넷 공간에는 사람들이 많습니다. 지금은 그 사람들 덕분에 내가 산다는 생각도 들어요"

책이나 TV를 보는 것보다 인터넷을 하면 뇌의 기능을 유지하는 데 더 도움이 된다는 연구가 있다. 인터넷은 어떤 사이트를 어떤 순서로 클릭해서 찾아가야 하는지 결정하는 등 복잡한 정신 과정이 필요하기 때문에 인터넷을 이용하는 것 자체가 뇌를 훈련시키고 복잡한 문제를 해결하는 기능을 향상시키는 데 도움이 된다고 한다.

노인 정보화 교육의 도움을 받아 네티즌이 된 노인들은 방대한 여가 시간을 활용해 다른 사람들을 교육하고 돕는 나눔에도 적극적이다.

이제 컴퓨터와 인터넷을 할 줄 안다는 것은 인간이 만들어 낸 또 하나의 사이버 공간, 스마트 사회로 진입할 수 있는 일종의 관문이자 통과 의례이다. 내가 몸담고 있는 세상에 대해 알고 시대의 흐름에 동참해서 삶의 질도 높이는 고령자가 늘고 있다.

평생 현역,
일하는 노인들

나도 일하고 싶다

70대인 이은호 님은 대기업과 지방자치단체가 함께 만든 마을형 택배 회사에서 6년째 일하고 있다. 하루에 4시간씩 일하고 한 달에 100만 원 정도를 번다. 이 회사 직원 20여 명은 모두 노인들이다.

그는 이렇게 말했다.

"와서 일하니까 용돈 생기고 운동도 되고, 용돈 생기니까 자식들한테 '나 용돈 좀 줘라'라는 말을 안 해도 되잖아요."

패스트푸드점 직원으로 일하고 있는 60대 나재순 님은 일을 하는 이유를 다음과 같이 말한다.

"큰애가 올해 대학교를 들어갔고, 고3 애가 하나 있거든요. 남편도 직장을 잘 다니고 있지만 혼자 감당하긴 힘들잖아요."

우리 아파트 통로를 청소하는 얼굴 고운 70대 할머니는 가족들이 이제 그만 일하시라고 만류하면 이렇게 말한다고 한다.

"내가 꼭 돈만 벌러 다니는 것 같냐? 하루 종일 영감하고 얼굴 맞대고 있으면 뭐해? 운동도 하고 번 돈으로 맛있는 것도 사 먹어서 사이도 좋아지니 일석삼조지. 움직일 수 있는 한 일하자는 것이 내 평소 생활신조야."

70대인 고영은 님은 은퇴 1년 후 계속 일을 하고 싶어서 노인인력개발원을 찾아가 접수하는 등 적극적으로 움직여서 일자리를 찾았다. 편의점 일을 하게 된 그녀는 이렇게 말한다.

"아이고, 놀면 뭐해? 노는 게 젤 힘들어. 자식들에게 짐이 되면 안 되니 열심히 일해야지."

노인들은 젊은이들보다 더 꼼꼼하고 책임감이 강하다는 이미지 덕분에 편의점 아르바이트를 하는 노인이 점점 늘고 있다고 한다.

잘 나가는 70대의 실버 모델 곽용근 님은 퇴직 후 벌였던 사업이 망하고 소일거리 삼아 동네 복지관에 인터넷을 배우러 갔다가 노인 모델로 발탁되었다. 처음에는 광고의 한 귀퉁이에 눈에 띄지도 않는 역할을 했지만 자기 일을 계속하기 위해 노력했다. 에어로빅, 철인 3종 경기, 마라톤 등 몸을 만들고 유지하는 데 끊임없이 투자한 결과 지금은 제법 고수익을 내는 광고 모델 일을 하고 있다. 자기 일이 너무 즐겁고 나이가 더 들어도 계속하고 싶다며 그런 만큼 계속 자기 관리에 투자하겠다고 말한다.

이처럼 일하고 싶어 하는 노인들은 많다. 2017년 2분기에 60세 이상 취업자는 424만 7,000명으로 역대 최고였다. 이는 같은 기간 청년 취업자의 수보다도 더 많다.

평균 수명이 70세였던 시절에는 30년 일해서 노후 대비가 가능했지만 평균 수명 100세 시대에는 30년으로는 당연히 부족하다. 늘어난 시간과 필요한 비용을 위해서 일을 더 해야 하는 시대가 된 것이다. 무엇보다 '일'은 단순히 돈만 버는 수단이 아니다. 다른 사람 및 사회와의 관계를 이어 주는 것이고 건강을 유지하게 해 주며 자존감과 자신감을 높여 주어 삶을 행복으로 이끄는 필수 요소이다.

일자리의 질

노인들은 대부분 일을 하고 싶어 하지만 일자리의 질은 여전히 과제로 남아 있다. 2016년 고용 형태별 노인 직종을 살펴보면 60세 이상 근로자 중 단순 노무 종사자 비율이 가장 많았다. 우리나라에는 노인들이 할 수 있는 제대로 된 일자리가 많지 않다. 최저 임금이 안 되는 일자리도 많다.

70대인 김선진 님은 버스 회사에서 교통사고 처리 담당으로 30여 년을 일하다가 은퇴했다. 처음에는 운동하고 여행하며 시간을 보냈지만 은퇴 후 3년이 지나자 일자리를 구하기 시작했다.

그는 가방에 수십 장의 이력서를 넣고 다녔다. 2017년에만 50군데 이상 넣었다고 한다. 처음으로 면접에 통과해서 얻은 직업은 월 20만 원짜리 청소년 선도일이었다.

그는 자녀들을 대학 졸업시키고 결혼까지 시키고 나니 2억 2,000만 원짜리 집 하나 남았지만 자녀들이 용돈을 준다고 해도 거절했다. 오히려 자녀들에게 해 준 게 없다고 미안해한다.

그의 수입은 주택연금 63만 원, 기초노령연금 15만 원, 국민연금 40만 원으로 약 100만 원 정도이다. 물론 그 돈으로는 풍족하지 않기 때문에 용돈벌이라도 하려고 열심히 일자리를 찾아다닌 것이다.

　요즘은 70세 미만을 노인이라고 보기도 어려운데 현실은 70세가 되지 않은 사람들에게도 '노인'이라는 딱지를 붙인다. 이 딱지가 붙어버리면 노동시장에 취업할 공간이 없어진다. 노인이니까. 이제 퇴물이야, 좀 쉬어야지 하면서 이들을 밀어내고 있다. 아무리 경험과 능력이 많은 사람이라도 그들의 이력서를 받아 본 젊은 임원들은 '나이'를 확인하는 순간 쓰레기통으로 보내 버린다.

　노년 세대를 '노인'이라는 단어에 가두고 너무 폐품 취급하고 있다. 더 일할 수 있는 사람을 퇴직시키고, 재취업의 기회도 안 준다. 오히려 노인들이 일을 하려고 하면 젊은이들 밥그릇을 뺏으려 한다는 냉랭한 눈총만 돌아온다.

　이런 환경에서도 우리나라 노인들은 열심히 일을 하고 있다. 노인들의 경제 활동 참여율이 31.4퍼센트인데, 이는 OECD 국가의 평균인 11퍼센트보다 세 배나 높은 수치이다. 우리나라 노인들이 다른 OECD 국가의 노인들보다 세 배 정도 더 많이 일을 하고 있는 것이다. 그러나 OECD 국가 중 노인빈곤지수는 1위이다.

　다른 나라 노인들보다 훨씬 열심히 일하고 있지만 오히려 더 가난한 역설적인 상황에 놓여 있다.

인생에 정년은 없다

노인 문제를 해결하기 위해 선진국에서는 노인들이 계속 일할 수 있는 환경을 만들어 준다. 하지만 고령화 문제를 먼저 접한 선진국에서도 고령화 사회에 대한 대책을 '일하는 노인'으로 방향을 전환하기까지 많은 시행착오를 겪었다고 한다.

유럽의 여러 나라에서는 1980년대에 청년 실업률이 증가할 때 청년 일자리를 마련해 주기 위해서 연금 수혜 연령을 대폭 낮추어 조기퇴직을 유도했다. 프랑스는 연금 수령을 65세에서 60세로 낮추고, 네덜란드는 나이 든 게 '장애'라고 하면서 장애연금까지 지급하며 노인들에게 빨리 은퇴하고 젊은이들에게 일자리를 내주라고 한 것이다.

그러나 그 결과 그 나라들의 국가 재정은 심각한 타격을 입었다. 조기 퇴직 정책을 쓰다가 연금 부담만 엄청나게 키운 것이다. 그래서 2000년대부터는 '일하는 노인'으로 정책을 바꾸게 되었다. 노년층을 '돌봐야 할 부담'으로 여기는 게 아니라 '함께 일하는 구성원'으로 남게 해야 국가의 파산을 막을 수 있다는 데 생각이 미친 것이다.

그리고 의외로 노인 취업률이 늘어날 때 청년 취업률도 같이 늘어난 것으로 드러났다. 돈벌이를 하고 소비 능력을 갖춘 노인들이 많아지니 청년들의 일자리도 늘어났던 것이다.

'나이는 왜 묻습니까' 캠페인

2006년부터 모든 유럽 연합 국가에서 '연령차별금지법'이 도입되었다. 나이에 따른 차별을 없애기 위한 인식 전환 캠페인, 행복한 일터 만들기 캠페인을 통해 노인도 더 오래 일할 수 있는 분위기를 만들려고 노력해 왔다.

1990년대 후반 고령 노동자 활용이 고령화의 유일한 대안이라는 것을 깨달은 영국은 늙으면 일터를 떠나야 한다는 기업과 사회의 인식을 바꾸기 위한 집중적인 캠페인을 벌였다. '나이는 왜 묻습니까' 등의 광고포스터를 만들어 거리마다 붙였다. '구인 광고에서 연령 없애기', '승진에 연령 대신 능력' 등 6개의 연령 다양성을 위한 지침을 마련하여 각 기업에 보급했다. 잘 지킨 기업을 '연령챔피언'으로 선정해 표창하고 성공 사례를 널리 홍보했다. 성공 사례가 알려지면서 관심을 갖는 기업이 점점 늘었다.

'당신은 앞으로 다가올 날들 중에서 가장 젊다'라며 노인들 스스로도 더 일해야 한다는 생각을 갖도록 부추겼다.

네덜란드는 조기 퇴직했을 때 세제 혜택을 폐지해 정년까지 일하도록 요구하고 있다. 독일은 65세가 되기 전에 퇴직하면 한 해당 연금액을 3.6퍼센트씩 깎는다. 징벌적으로 퇴직 시기를 계속 늦추고 있는 것이다.

이런 사례들을 보면 우리 사회가 늘어나는 노인들을 어떻게 생각해야 할지 답이 나온다. 이제는 나이와 상관없이 일할 수 있는 사람은 일해야 하는 시대가 된 것이다. 그것이 노인 정책의 핵심이 되어야 할 것이다.

일자리 찾기

한편, 해마다 두 번씩 열리는 실버취업 박람회를 통해 연 7,000명 정도의 노인들이 취업을 하는데 그 중 3,000여 명이 한 달 안에 그만둔다고 한다. 그 이유는 자존심 때문이다.

'내가 이런 일이나 할 사람이 아닌데······.'

'내가 이런 취급이나 받을 사람이 아닌데······.'

이런 생각들이 새로운 일에 적응하는 데 방해가 된다.

그래서 전문가들은 행복한 노후를 위해서는 과거를 잊어야 되고, 기억상실증에 걸린 사람처럼 현재에 충실하라고 조언한다.

일자리를 구하려고 쫓아다녀 봐도 반복되는 면접 실패로 인한 패배감과 스트레스도 만만치 않다. 그에 대해 전문가들은 다음과 같은 대처 방법을 알려준다.

첫째, 사람들을 계속 만나고 관계를 유지하라.

둘째, 칩거에서 벗어나라. 칩거하는 사람들의 대표적인 특징은 늦은 밤까지 TV 보고 늦잠 자기이다. 일단 집에서 나가라. 중장년 센터처럼 일자리 정보를 공유할 수 있고 지원서도 직접 작성할 수 있는 장소를 권한다. 고정 출근을 아예 그런 곳으로 한다.

셋째, 각종 사이트에 접속해 관계를 계속 이어가라. 너무 한 곳에만 집중하지 말고 다양한 분야에서 관계를 맺고 유연하게 대처하라.

행복해지려면 일해야 한다. 일하고 싶으면 일자리를 찾고 또 찾는다. 포기하지 않는다. 언젠가 일자리를 찾을 수 있을 때까지.

3장

달라진 세상
달라진 가족

대략난감 노부부

여보, 우리 좀 떨어져 있자

　사촌 동생의 남편은 사립 학교 교사였다. 재작년 봄, 정년을 3년 남겨두고 명예퇴직을 신청했다. 평소 사이가 좋지 않았던 후배가 교감으로 승진하자 자의반 타의반 명예퇴직을 신청해 버린 것이다. 사촌 동생은 그 사실을 뒤늦게 알고 나서 화를 냈다. 자기하고 의논도 없이 그런 것도 문제지만 갑자기 등장하게 될 '삼식이' 남편 때문에 자유로웠던 생활이 끝이라고 생각을 하니 걱정이 태산 같았던 것이다.

전직 교사이자 명퇴 선배였던 나에게 전화를 해서 명퇴 신청을 취소할 수 있는지 물으면서 앞으로의 생활에 대해 걱정을 늘어놓았다. 몇 달 후 지인의 결혼식에서 만난 그녀는 집에 있는 남편 때문에 힘든 점을 호소했다. 내가 추천했던 코이카 해외 봉사 단원 신청도 하지 않는다고 했다. 아내와 같이 간다면 몰라도 혼자서 밥을 해 먹으며 살 수 없다는 것이 그 이유였다.

　은퇴한 남편은 아내와 떨어져 지내기 싫어하고, 아내는 될 수 있으면 떨어져 지내고 싶어 하는 모습은 새삼스럽지 않다. 퇴임식을 하고 집에 오니 아내가 '어디든지 나가도 괜찮다. 평일에는 지금같이 늦게 돌아와 주기 바란다. 당신이 없는 사이 벌써 수십 년 동안 나 혼자만의 시간을 보내 왔다. 그런 생활을 방해받고 싶지 않다'고 대놓고 말한 경우도 있다.

　아내들은 오랜 세월 남편과는 다른 패턴으로 자기 나름대로 삶의 보람을 찾아 왔다. 남편의 은퇴는 이런 아내의 라이프 스타일을 파괴(?)하는 것으로 여겨진다.

　이런 현실을 보여 주는 우스갯소리가 차고 넘친다. 삼시세끼를 아내가 꼬박꼬박 차려 줘야 하는 고충의 상징인 '삼식이', 아내에게 꼭 붙어서 떨어지지 않으려고 하는 걸 빗댄 '젖은 낙엽' 등이 은퇴한 남편을 성가시게 생각하는 아내의 마음을 담은 단어들이다.

아내가 곰국을 끓이고 있으면 남편을 혼자 두고 한동안 집을 떠난다는 신호이지만, 감히 어디 가냐고 물었다가는 '얻어맞는다.', 이사를 갈 때는 식구들이 자기를 버리고 갈까 봐 아내가 아끼는 강아지를 꼭 껴안고 이삿짐 트럭 조수석에 제일 먼저 앉아 있는다. 동창회에 다녀온 할머니가 할아버지한테 핸드백을 집어 던지며 화를 내길래 왜 그러냐고 할아버지가 물으니 "아직까지 영감이 있는 건 나밖에 없다"고 했다는 일화는 상당히 많이 퍼진 농담이다.

물론 모든 농담이 그렇듯이 이 이야기들도 과장되어 있다. 그러니까 사람들이 웃는 거다. 나도 물론 웃었다. 그 아내들의 마음이 이해가 가지만 한편 마음 한 구석에 떠오르는 쓸쓸함을 지울 수 없다. 생각해 보면 살벌하기 그지없는 농담 아닌가. 이런 농담들에 어떤 남편들은 허허 웃고 어떤 남편들은 분노한다.

남편이 귀찮아

50세 이상을 대상으로, 노후에 가장 중요한 것이 무엇인지 조사를 했더니 남녀 할 것 없이 가장 많은 사람들이 꼽은 게 '건강'이었다. 그런데 2위부터는 남녀의 생각이 달랐다. 남성은 두 번째로 '아내'를 꼽은 반면에 여성은 '돈'을 꼽았다. 아내들은 남편보다는 돈이 더 중요하다고 생각했다.

은퇴자를 대상으로 한 조사에서도 비슷한 결과가 나왔다. 퇴직 후에 여유 시간이 있으면 어떻게 보낼 것인지 물었더니 절반 이상의 남편들이 '아내와 보내고 싶다'고 말했다. 반면 '남편과 보내고 싶다'고 한 아내들은 20퍼센트 정도밖에 안 된다.

60~70대 은퇴자들은 수면 시간을 제외하고 평균 4시간 10분을 배우자와 함께 보낸다고 한다. 그런데 은퇴 여성의 45퍼센트, 거의 여성의 절반가량은 남편과 함께하는 그 시간을 줄이고 싶다고 한다.

많은 사람들이 이미 알고 있는 농담을 하나 더 하자면, 늙은 남자에게 필요한 것은 아내, 마누라, 부인, 집사람, 애들 엄마이고, 늙은 여자에게 필요한 것은 돈, 딸, 건강, 친구, 찜질방이라고 한다. 남편은 없다!

고령화로 인해 부부 관계의 수명도 덩달아 길어지고 있다. 베이비붐 세대의 경우, 자녀를 독립시키고 부부만 같이 사는 기간이 부모 세대보다 14배가량 길어질 것이라는 전망도 나와 있다.

우리 부모 세대들은 수명도 짧고 애도 많이 낳아 대가족을 이루고 산 경우도 많아서 부부 단둘이서만 사는 기간이 1년 4개월에 불과했다. 그런데 베이비붐 세대가 살아갈 100세 시대에는 19.4년, 즉 20년을 단둘이 보내야 된다. 이는 평균치이고, 30~40년을 둘이서만 지내야 되는 경우도 많아지고 있다. 대책 없이 살았다간 '웬수'가 되고도 남을 시간이다.

왜 남편들은 천덕꾸러기가 되는 걸까

여유 있고 다정한 노부부의 모습은 많은 사람들이 상상하는 그림이다. 우리는 젊을 때부터 영화에서 서양의 백발 노부부가 손을 맞잡고 다정하게 산책하거나 외출하는 모습을 많이 봐 왔다. 서로 존중하는 게 몸에 밴 그들의 대화는 어찌나 부드러운지! 언제 어디서나 애정 표현도 자연스럽다. 그 모습이 보기 좋다고 그렇게 늙어 가고 싶다는 말도 많이 했다.

나는 솔직히 어렸을 때 그 모습이 비현실적이어서 '영화니까 그렇겠지'라고 생각한 적도 있었다. 남루한 좁은 집에서 많은 자식들과 복닥거리는, '생존'하기 바빴던 우리 시대 부모님들 사는 모습을 봐서는 도저히 상상할 수 없는 장면이었으니까. 해외여행이 일상이 된 요즘, 여기저기 다녀 보니 서구의 많은 노인들이 정말로 그렇게 살고 있는 게 아닌가!

하지만 옛날보다 훨씬 여유있게 살게 된 우리나라의 많은 노부부들에게 그 장면은 상상으로 끝날 확률이 더 커 보인다. 늙은 남자들 대부분은 가족과 아내에게서 기피 인물이 되고 있기 때문이다.

남편 입장에서는 지난 수십 년 동안 가족들을 위해 열심히 일을 해 왔고, 이제는 쉴 곳, 집으로 돌아왔는데 받아 줘야 될 가족이 '같이 있기 싫다'느니 '밥 좀 나가서 먹고 오라'느니 이런 이야기를 자꾸 하면 얼마나 허무하고 힘들겠나? 하지만 여성들 입장에서 보면 남편은 은퇴를 했지만 정작 자신은 은퇴하고 싶었던 가사 노동이 오히려 늘어나게 되니 싫을 수밖에 없다. 기한이 정해진 것도 아니라서 언제 끝날지도 모르는 그 단순 노동. 앞으로 30년을 더 그 일을 해야 된다고?

은퇴 후 여성은 날개를 펴려 하고 남성은 둥지로 돌아가고 싶어 한다. 아내는 이제 세상으로 나가서 새 인생을 시작해 보려 하지만 남편은 이제 집에서 휴식을 취하고 싶어 한다. 같이 시간을 보내더라도 아내는 남편과 함께 여행을 가거나 새로운 취미 생활을 시작하거나 대인 관계를 활발하게 하거나 문화생활을 누리려고 하지만, 남편은 텃밭을 가꾸거나 집에서 느긋하게 시간을 보내고 산책을 하고 싶어 한다.

평생 인간관계를 일 중심으로 맺어 온 남편은 그 일이 끝나니 별로 만날 사람도 없고, 집에서는 평생 집안일을 해 본 적이 없으니할 일도 없다. 남편들은 상대를 해 줄 아내가 절실하지만 아내들 입장에서는 그 절실함이 오히려 부담스럽다. 혼자만의 공간에서 자율적으로 일하다가 바로 옆에 부장님이나 사장님을 모시고 있는 것같다고 한다. 불편한 것이다.

은퇴한 남편이 대접받지 못하는 가장 큰 이유는 집안일을 여성의 몫으로 돌리는 전통적 가부장제 부부 관계를 계속 유지하려고하기 때문이다.

은퇴한 남편과 하루 종일 함께 지내는 한 아내의 이야기가 방송에 나온 적이 있다. 정말로 삼시세끼 다 준비해 줘야 해서 외출도자유롭지 않은데 남편은 하루 종일 TV만 보면서(TV 리모컨을 뺏긴 것도 아내에게는 큰 스트레스다!) 내내 욕을 하고, 욕을 한 다음에는 분이풀리지 않아서인지 술 한 잔 하고, 방에 들어오면 코를 골고 자고,집에 있으니까 잘 씻지도 않는다고 한다.

집안일에서 해방되는 여행을 같이 가면 사이가 좋아진다. 나이든 여성들이 여행을 좋아하는 첫 번째 이유는 '삼시세끼 남이 해준밥'을 먹고 다니기 때문이다. 하지만 1년 내내 여행만 할 수는 없는 노릇이고, 여행이 끝난 후 집에 들어서자마자 아내는 밀린 집안일 폭풍 속으로 들어가야 하는 데 반해 남편은 '노느라' 힘들었으니 '휴식'으로 들어간다.

황혼이혼

이러다 보니 '황혼이혼'이라는 말은 더 이상 낯설지 않게 되었다. 황혼이혼의 비율은 해가 갈수록 올라가고 있다. 통계청이 발표한 '2016년 혼인·이혼 통계'를 보면, 혼인 지속 기간이 30년 이상인 부부의 이혼 건수는 10년 동안 2배 이상 증가했고, 이혼 청구자의 65퍼센트 이상은 여자라고 한다.

수십 년 동안 이어지는 폭력이나 외도, 지속적인 인격적 무시, 경제권에서의 소외 등을 참고 참다가 아이들에 대한 양육 책임이 더 이상 없어지는 나이가 되어서야 '이혼'이라는 결단을 내리는 경우가 대부분이다. 아버지의 횡포를 보다 못한 자녀들이 직접 어머니에게 이혼하라고 응원하는 경우도 있다고 한다. 진작 이혼해야 할 상황이었는데 버티고 버티다 실행에 옮기기 때문에 유독 황혼이혼이 많아 보인다.

이전에는 결혼 생활에 대한 불만 따위는 이혼 사유가 되지 않았다. 이혼할 수 없는 사유도 많았다. 아이들 보고 참는다, 당장 먹고 살기 힘들어지니 참는다, 주위 사람 보기 창피하다, 내 인생 자체가 실패한 것 같아서 싫다, 그래도 남편이 우산 역할을 해 준다, 이혼녀는 세상이 깔본다 등등.

그러나 요즘은 정반대이다. 결혼 생활이 만족스럽지 않다면 왜 그대로 살고 있는지를 설명해야 하는 시대가 되었다. 불행한 결혼을 계속 유지하는 게 어리석어 보인다. 주변인들의 충고도 '절대로 이혼하지 말라'는 것에서 '왜 그러고 사니'로 변했다. 특별히 황혼 이혼만이 늘어난 게 아니라 모든 세대의 이혼이 늘어났다. 그리고 노인 세대도 더 이상 참지 않을 뿐이다.

남편들이 가부장적인 의식, 전통적인 성별 역할 분담 등 남성 중심 문화에 길들여져 있는 상황에서 아내가 이혼을 요구하는 것이 더 이상 이상하지 않은 세상이 되었다. 서로의 슬픔, 괴로움, 기쁨을 공유하지 못한 채 오랫동안 소통 없이 살아온 부부라면 파탄나기 쉬운 것이다. 젊은 시절 느꼈던 신선한 매력이나 정열도 기대하기 어려운 노년기에 공유할 수 있는 생활 영역과 나눌 대화가 없어지면 부부 관계는 무엇으로 지탱할 수 있을까?

"얼마 남지도 않았는데 참고 살지."라고 말하는 사람들도 있다. 그렇지만 바로 그 '얼마 남지 않은 인생'이기 때문에 자유롭게 살고 싶다는데 누가 말릴 수 있나?

앞에서도 말했지만 불만스러운 결혼 생활을 오랜 시간 버티다가 이혼을 청구하는 사람의 대부분은 아내이다. 아내의 이혼 청구에 남편들은 이렇게 반응한다.

"상상도 못 했어. 뒤통수를 맞은 것 같아."

때로는 왜 이혼을 당하는지 끝끝내 알지 못한 채 버려지기도 한다. 배반감 때문에 고통을 호소하는 남편도 많다.

이혼 전문 변호사들은 황혼이혼에 대해 이렇게 말한다.

"이혼하는 사례 중 대다수는 남편이 이혼하는 상황을 만들고, 아내가 이혼을 실행에 옮긴다."

황혼이혼 후에도 그 후유증으로 고통을 겪는 시간도 아내가 남편보다 짧다. 여성은 초기에는 많이 슬퍼하지만 시간이 지나면 잘 이겨낸다고 한다. 여자는 속을 털어놓을 만한 친구나 지인이 많거나 쉽게 사귄다. 그러나 남자들은 이런 슬픔을 잘 드러내지 않는다. 이혼한 남자들은 대부분 "나는 아무렇지도 않아."라고 말하면서 엉망진창이 된 집에 홀로 앉아 있는 경우가 많다.

이혼인듯 이혼 아닌 졸혼

드라마 〈아버지가 이상해〉에서는 평소 아내에게서 자신의 집안과 일을 무시당했다고 생각해 온 남편이 아내를 무심하게 대하고, 아내 역시 자신보다는 반려견을 더 소중히 여기는 남편에 대해 분개해서 사사건건 갈등을 빚는다. 그러던 차에 남편은 인터넷을 검색하다가 알게 된 '졸혼'이라는 단어에 무릎을 친다. 그는 아내에게 졸혼할 것을 요구했다.

또 다른 드라마 〈밥상 차리는 남자〉에서는 남편의 퇴임식 날 저녁, 가족들의 식사 모임 자리에서 아내가 졸혼 계약서를 내밀었다. 평소 가부장적으로 자기 위주로만 살아 왔던 남편이 퇴직 후 시간을 아내와 함께하기로 했다면서 크루즈 여행권을 선물하고 댄스스포츠도 같이 배우자고 말하자 벌어진 상황이다.

졸혼은 드라마에서만 나오는 얘기가 아니다. 연기자 백일섭 님은 예능 프로를 통해 자신의 졸혼을 만천하에 공개했다. 그는 졸혼 이후의 시간을 만끽하는 걸로 보인다.

일본 작가 스기야마 유미코가 《졸혼시대》를 출간하며 등장한 '졸혼'이란 말 그대로 '혼인 관계를 졸업하는 것'을 뜻한다. 이혼과 달리 법적인 부부 관계는 유지하지만 서로의 사생활을 간섭하지 않으며 각자 독립적으로 생활하는 것을 의미한다. 부부는 필요할 때만 만나고, 나머지 시간에는 각자의 삶을 사는 것이다. 같은 주거지 안에서 동거하지만 사생활에 대해 관여하지 않는 형태로 나타나기도 하고, 아예 다른 장소에서 거주하고 가족의 대소사가 있을 때만 만나기도 한다.

70대 퇴임교사 장수남 님은 부인과 인생 2막 계획이 달라 오래 전에 졸혼을 택했다. 그는 고향 근처로 귀농을 했고, 아내는 서울에 남아 박물관 대학을 다니면서 취미 활동을 하는 한편, 봉사 활동과 모임 등으로 바쁘게 살고 있다. 아내는 남편이 있는 곳에 1년에 한 번 정도 휴가철에나 들른다. 다른 가족들과 함께.

대전 지역 중년 여성들로 구성된 밴드에서 키보드를 연주하고 있는 이상옥 님은 자신의 이름으로 독립적 삶을 살기 위해서 50대 후반에 졸혼을 했다.

"남은 30년은 '골든 에이지'라고 생각해요. 요즘이 제 인생의 황금기죠. 가정이라는 울타리에서 조금 벗어났을 뿐인데 행복감은 훨씬 커졌어요."

결혼생활 38년째인 조은옥 님은 올해 환갑을 맞아 자신을 위한 시간을 갖고자 졸혼을 선택했다. 그녀는 어린 나이에 시집 와서 40년 가까이 가정과 자식을 위해 집안일만 했다.

"자식 농사 다 지었으니 남은 인생은 누구에게 구애받지 않고 하고 싶은 거 실컷 하고 싶다."

손재주가 좋은 그녀는 요즘 프랑스 자수와 가죽 공예를 배울 수 있는 공방에 날마다 나가고 있다.

중장년 부부를 오랫동안 상담해 온 강희남 한국전환가정센터 대표는 우리나라에 이미 졸혼이 유행하고 있다고 말했다. 오랫동안 참아 왔던 남편의 못된 습관을 더는 못 견디겠다며 작은 오피스텔을 얻어 혼자 사는 아내, 은퇴하고 농사짓는 것이 꿈이라며 시골에 따로 집을 얻어 사는 남편, 한 집에 살지만 각방 쓴 지 오래된 쇼윈도 부부까지. 기러기아빠도 위장된 졸혼인 경우가 적지 않다고 한다. 이런 부부들은 이혼하고 싶은 마음이 없는 건 아니지만 굳이 법적 절차를 밟을 생각은 없다고 한다.

졸혼을 계획 중인 50대 후반 유창현 님은 "살고 있는 집이 부부 공동 명의로 되어 있어 이혼하면 처분 문제로 귀찮아질 것"이라며 아내와 한 집에 살면서 서로 간섭하지 않기로 했다고 말한다. 이혼 기록이 자녀의 취업이나 결혼에 불이익을 줄까 봐 졸혼을 택하는 부부도 있다.

몇 년 전만 해도 부부가 원룸을 문의하는 경우 대부분 자녀의 자취방을 구하는 목적이었는데 요즘은 한 명이 따로 나와 살 공간을 찾는 사례가 많다고 한다.

노후의 삶을 생각할 때 별거나 이혼을 선택하는 것을 두려워하지 않는 시대에 어쩌면 졸혼은 두 사람의 관계를 끝까지 유지하고자 하는 '애정'의 표현일 수 있다는 해석도 있다.

웃음꽃 피는 노부부

자기 대접은 자기가 만든다

직장에서 점심시간이나 일과 후에 여자들이 모여 수다를 떨 때면 저녁 반찬거리 얘기가 빠지지 않는다. 남편이 저녁을 먹고 늦게 온다면 고민거리 하나가 줄어드니까 다들 좋아한다. 거의 매일 밖에서 저녁을 먹고 늦게 오는 남편이 있는 사람을 부러워하기도 한다. 이유는 간단하다. 장을 봐서, 저녁밥을 차리고, 먹고, 뒤처리까지 하면 서너 시간은 금방 간다. 서너 시간의 자유 시간을 갖는 것과 주방에서 노동하는 것은 비교할 수 없다.

하루 종일 일하고 돌아오는 남자들한테 여자들이 너무한다고 할 일이 아니다. 그 모임의 여자들은 모두 일하는 워킹맘이었으니까. 전업주부라고 해도 다를 것 없다. TV를 보거나 책을 읽거나 소파에 누워서 쉬는 여유로운 시간과 부엌에서 일하는 시간을 어찌 비교하랴. '사랑'이라는 이름으로 봉사하기에는 너무도 긴 세월 동안 이어지는 표 안 나는 노동이다. 그 노동이 면제되는데 왜 안 좋겠나.

그런데 유독 한 동료는 남편이 늦게 온다고 하면 늘 화를 내고 싸운다고 한다. 그녀한테는 남편의 늦은 퇴근이 대단한 스트레스이기 때문에 모임에서 그 불만을 털어놓곤 한다. 그러면 그 자리의 다른 여자들이 모두 야유를 보낸다.

"늦게 들어오면 좋지 뭘 그래?"

"이젠 좀 놔 줘라, 아직도 그렇게 좋아?"

"참, 금슬도 좋다."

이렇게 말하는 사람들의 부부 금슬이 나쁜 건 아니다. 주말마다 손잡고 영화 보러 다니는 커플도 있고, 부부가 함께 산에 다니는 커플도 있고, 나름대로 오순도순 별 일 없이 잘 살고 있다.

결정적인 차이는 그 남편은 집안일을 잘한다는 것이었다. 아내의 심부름성 지시에도 군소리 없이 다 해내는 '부드러운' 또는 '부지런한' 남자였다. 퇴근하면 자연스럽게 같이 저녁 준비를 한다. 아내가 "청소해야 되는데……." 하면 그 남편은 벌써 청소기를 돌리고 있다. 사정이 이러하니 그 남편이 밖에서 안 들어오면 조력자가 없어진 여자는 힘이 드니 화가 날 수밖에.

나이 든 남편들이 집에 머물면 대개 그 아내는 힘들다.(요즘 젊은 부부들은 많이 달라졌다고 들었다.) 아내들의 휴일은 휴일이 아니다. 밀린 집안일, 아이들 챙기는 일, 모처럼 집에 있는 가족들 식사니 간식이니 준비하느라 직장에서보다 훨씬 수고로운 시간을 보낸다.

남편들은 진정한 '휴식'을 원한다. 그러나 쉬지 못하게 괴롭히는 아내들 잔소리(?)가 야속하다. 하지만 쌓인 집안일을 놔두고 자기만 쉬려고 하는 남편이 야속한 건 더하면 더 했지 덜 할 리 없다.

어질러진 집안을 청소하자고 하면 "조금 있다가 하자.", "한숨 자고 할게.", "이거 마저 보고 하자.", "뭐 별로 더럽지도 않은데…….", "내가 나중에 할게."(그런데 나중에도 하지 않는다!) 하면서 늘어지는 남편들이 대부분이다. 솔직히 청소를 해 주지 않아도 좋은데 어지르지나 말지. 보던 신문이나 책은 여기저기 펼쳐져 있고, 아무렇게나 벗어 놓은 옷가지들 하며, 소파나 침대에 걸쳐 놓은 젖은 수건 등. 일일이 아내 손을 거쳐야 하는 일투성이다.

이렇게 존재 자체가 일거리를 만드는 경우라면 당연히 집에 늦게 들어올수록 평화로우니까 일찍 오는 게 싫을 수밖에 없다. 애석하게도 장년이 된 한국 남자들은 대부분 이쪽 과이다.

어쨌든 앞에서 얘기한 그 부부는 은퇴 후 서울 근교에 귀촌해 텃밭 농사를 지으면서 알콩달콩 살고 있다. 남편은 손 많이 가는 시골 집과 텃밭에 필요한 일을 도맡아 한다.

아내가 "여보, 여기 꽃 심으면 예쁘겠다." 하면 그 남편은 "꽃씨 사러 갈까?" 하고 나선다. 물론 돌아와서 그걸 심는 사람도 남편이다. 이런 남편과 늙어가는 데 어느 여자가 남편한테 귀찮으니 좀 나갔다 오라고 하겠나?

오늘도 나라의 미래와 세계의 평화를 걱정하면서도 정작 자기 집에 못 하나 제대로 박지 못하는 남편과 사는 다른 여자들은 모두 그 부부를 부러워한다. 부러워하면 지는 건데 말이다.

금슬 좋은 노부부들의 공통점

노년에 꼭 붙어 다니는 다정한 부부에게는 공통점이 있다.

2014년에 개봉되어 큰 반향을 일으켰던 영화 〈님아, 그 강을 건

너지 마오〉는 금슬 좋은 노부부의 이야기이다. '76년째 연인'인 89세 소녀 감성 강계열 할머니와 98세 로맨티스트 조병만 할아버지. 이들은 어딜 가든 고운 빛깔의 커플 한복을 입고 두 손을 꼭 잡고 걷는다. 봄에는 꽃을 꺾어 서로의 머리에 꽂아 주고, 여름에는 개울가에서 물장구를 치고, 가을에는 낙엽을 던지며 장난을 치고, 겨울에는 눈싸움을 하는 매일매일 신혼 같은 백발의 노부부.

할아버지는 평생 소녀 같은 아내를 애지중지하면서 어지간한 힘든 일은 못하게 하고 본인이 다해 주면서 말 그대로 공주님 모시듯 했다. 모든 아내들이 줄줄이 낳은 아이들 뒷바라지하면서 온 가족 식사 준비에, 빨래에, 필요하면 밭일까지. 하녀처럼 일해야 했던 그 시절부터 말이다.

할아버지는 "내가 좋아라 해. 아직도. 젊었을 때처럼 귀엽고. 내 마음에 예뻤었는데 지금도 그 마음이야."라고 한다.

할머니는 "아무것도 모르고 열네 살에 만났는데 일꾼인 줄로만 알고 '아저씨, 아저씨.' 하고 살았어요. 결혼을 하고도 나를 건드리지 않더라고요. 내가 다칠까 봐. 그저 자꾸 만지기만 하더라고요. 귀도 만져 보고 자꾸 쓰다듬더라고요. 지금도 버릇이 되어 가지고요. 내 살이 닿아야 잠을 잔대요.", "밥을 해 주면 평생 맛없다는 소릴 안 해요. 맛없으면 조금만 잡숫고 맛있으면 엄청나게 잡숴요. 그러고는 나 잘 먹었다고."라고 할아버지 이야기를 한다.

백낙삼 할아버지는 1967년부터 90세를 바라보는 지금까지 무
료 예식장을 운영하고 있다. 가난 때문에 식조차 못 올리는 부부들
을 위해 시작한 일이 벌써 50년이 넘었다. 예식이 있는 날이면 주
차 요원부터 사회, 주례 게다가 사진사까지. 일당백이 된다. 유일한
직원은 할머니이다.

노부부는 동네에서도 소문난 잉꼬부부인데 일터에서도 집에서
도 뭐든 같이한다. 주례사를 하는 남편을 바라보는 할머니의 얼굴
에는 자랑스러움과 존경스러움이 가득하다. 매일 보면서도 늘 서
로 잘 생겼다고 이쁘다고 칭찬이다.

할아버지가 말하는 금슬의 비결은 '달력'에 있다. 거실에 걸어 놓
은 커다란 달력에 처가 식구들 안부 물을 날들이나 할머니 친구들
을 집으로 초대할 날 등 스케줄을 빼곡히 적어 놓고 실천하고 있다.
모두 아내를 기분 좋게 해 주기 위한 일이다.

"아내를 기분 좋게 해 주면 나한테 잘해 주고 그러면 우리가 행
복해요."

손님이 오면 차를 내오는 사람도 할아버지이다. 함께 앉아서 재
미있게 수다도 떤다. 그 모습을 본 옆의 할머니가 말한다.

"에구, 우리 영감은 누가 오면 어디로 사라지고 없어."

자동차에 웬만한 살림살이를 싣고 전국 어디든 자유롭게 돌아다니는 팔순 노익장의 이야기도 있다. 여행 경력 36년의 원조 집시 부부 최영섭, 김승녀 님은 집시카 자체가 생소하던 1981년에 포니 승용차 개조를 시작으로 9인승 봉고차와 15인승 봉고차를 거쳐 지금의 네 번째 트럭 집시카를 만들었다.

웃음이 끊이지 않는 부부는 평소에는 산에 지어 놓은 집에서 자연인으로 살다가 어디론가 가고 싶으면 훌쩍 떠난다. 차를 세워 놓고 싶은 곳에 세우고, 머물고 싶은 만큼 머문다. 차를 개조해서 침실 겸 거실 겸 수납장 등을 만든 사람도, 차를 세운 곳에 의자와 파라솔을 척척 내와서 설치하는 사람도 할아버지이다. 심지어 이불의 얼굴 닿는 부분에 부드럽고 깨끗한 천을 덧대는 바느질을 하는 사람도 할아버지이다. 그렇게 힘든 일을 줄여 주는 남편을 바라보는 할머니의 얼굴은 밝기만 하다. 노부부는 그렇게 깔깔 웃으며 다정하게 늙어간다.

사람은 다 똑같다. 나 힘들게 하는 사람하고 잠깐이라면 몰라도 평생 함께하기는 참 힘든 일이다.

부부 사랑도 노력해야 유지

할머니와 할아버지가 퀴즈 프로그램에 출연했다. '천생연분'이라는 단어를 설명하는 문제이다.

할아버지 우리처럼 사이가 좋은 걸 뭐라고 하지?

할머니 웬수.

할아버지 아니 두 자 말고. 네 자로 된 단어.

할머니 평생웬수.

전생에서의 원수가 이생에서 부부로 태어난다는 말이 있다. 가장 가까운 관계인만큼 상대방을 힘들게 하고 상처를 줄 확률도 가장 크니까 생긴 말이라고 생각한다.

나이를 먹을수록 친구와의 관계는 점점 약해지고, 최후까지 남는 것은 반려자이다. 그렇기 때문에 가장 중요한 것은 부부 관계라고 생각한다. 배우자는 옆에 있다고 해서 당연히 얻을 수 있는 공기처럼 늘 제자리에 있는 것이 아니다. 서로 노력하지 않으면 언제든지 떠나 버릴 수 있는 존재이다.

노년기는 이제까지와는 다른 인생을 살게 되는 새로운 시기이다. 그동안은 아이와 일을 바라보고 살아왔지만 이제는 둘만 보고 살아야 한다. 그만큼 적응이 필요한 시기이다. '평생원수'가 될 부부 관계를 개선할 수 있는 절호의 기회이기도 하다.

그러면 부부가 다정하게 늙어가기 위해 필요한 것은 무엇일까?

친구 같은 부부 관계가 가장 이상적이라고 한다. 친구가 되어 일상을 공유하는 것인데 그러기 위해서는 대화가 필요하다. 대화를 위한 가장 좋은 방법은 공통의 취미를 갖는 것이다. 취미가 같다면 특별한 노력 없이도 대화가 끊이지 않는다.

이왕이면 함께 있는 시간을 줄이는 것도 좋은 방법이다. 각자의 스케줄을 가지고 각자 볼일을 보고 와서 저녁에 만나 하루 동안 있었던 일, 만났던 사람들에 관해 이야기를 나누는 오붓한 시간을 갖는 것이다. 이때 유의할 점은 상대의 말을 잘 들어주는 것이다.

남편은 주방일, 청소, 세탁 등과 같은 집안일을 할 줄 알아야 한다. 할 줄 모르면 이제라도 배워야 한다. 가사를 같이해야만 아내의 스트레스를 줄일 수가 있을 뿐만 아니라 혹시 혼자가 되었을 때 살아남을 수 있는 준비가 되기 때문이다.

다정한 노부부들이 입에 달고 사는 말은 "미안해.", "고마워."이다. 서로 '예쁘다', '잘 생겼다'는 칭찬도 끊일 새 없다. 스킨십도 중요하다.

뭐니 뭐니 해도 사이좋은 노부부들이 직접 말해 준 비결은 '아내에게 무조건 져 주는' 거라고 한다. 미국의 최장수 부부가 TV에 나와서 한 말도 '언제나 아내를 따르라'는 한마디였다나. 내가 여자라서 좀 편파적인 건 인정!

캥거루족 자녀들

언제나 자식에게 미안하다는 노인들

한 TV 프로그램에 소개된 80대 박건차 님은 반지하 셋방에서 혼자 살면서 지하철 택배 일을 하고 있다. 하루 두세 곳씩 주문을 받아 지하철을 이용해 가벼운 짐을 옮겨 주는 일이다. 노인 분들은 지하철을 무료로 이용할 수 있으니 싼값에 택배 업무를 할 수 있다는 게 장점이다.

박건차 님은 과거에 택시 기사를 했다. 택시를 몰아서 서울 시내에 제법 큰 아파트도 사고 비교적 여유 있는 중산층의 삶을 누렸다.

하지만 자녀들이 결혼을 하면서 살던 아파트는 지속적으로 작아졌고 집을 판 돈은 모두 자녀들에게 나눠 줬다. 여든을 훌쩍 넘긴 지금도 자신의 노후보다 자식들을 걱정하고 있다.

"아들한테 딸이 둘 있는데 교육비 때문에 그렇게 걱정을 하더라고요. 정말 교육비가 보통 문제가 아닌 것 같아요. 재산을 나눠 준건 부모로서 당연히 해 줘야 할 일이고 좀 여유가 있다면 더 해 줘야 되겠지만 그런 여유가 없어서 미안하죠 뭐."

한 아이가 좋은 대학에 가려면 '엄마의 정보력, 아빠의 무관심, 조부모의 재력'이 필요하다는 블랙유머도 있다. 손주를 키워 주는 걸로도 모자라서 급기야 그 손주들의 비싼 사교육비까지 대 주어야 좋은 조부모가 되는 세상이 되었다. 이런 희한한 세상이 되었으니 박건차 님처럼 전 재산을 다 주고도 더 주지 못해서 미안하다는 말이 나오는 것이다.

끝없는 A/S

예전처럼 자녀들이 취업한 후 부모를 부양하는 건 꿈도 꾸지 않지만 성인이 되어 부모에게 손 안 벌리고 자기 힘으로 잘 살아가기만 해도 고맙다.

노후전문가 박영재 님에 의하면 노후 생활에 가장 큰 적은 바로 '자녀'이다. 젊을 때 내내 자녀를 키우고 공부시키고 결혼시키느라 허리가 휜 부모들은 직장에서는 은퇴했지만 부모 노릇에서는 은퇴할 수가 없다. 자녀라는 복병이 언제라도 등장하기 때문이다. 신용 불량자가 되었네, 수술비가 부족하네, 사업 자금 좀……, 집 사는데 도움 좀……. 잘 다니던 직장을 때려치우고 공부하겠다고 손 벌리는 자녀도 있다.

지인이 다니는 중소기업의 이사에게는 직장을 다니다가 때려치우고 외국에 유학 가 있는 딸이 있다. 딸의 생일날 이사는 딸에게 '생일 축하해.'라고 문자를 보냈다.

그걸 본 여자 이사가 다음과 같이 조언했다.

"아유~ 너무 무미건조하잖아요. 남한테 하는 것과 달리 가족이니까. '네가 있어 자랑스러워.' 뭐 이런 멘트라도 추가하시지 않고……."

"알았어요. 솔직하게 쓰면 되는 거죠."

그러고는 그는 이렇게 썼다.

'딸아, 내가 너 땜에 이때까지 얼마나 고생하고 있는지 알지?'

50~60대 은퇴자들이 고단한 삶에서 벗어나지 못하는 주된 이유가 첫 번째는 질병, 두 번째는 독립하지 않은 '캥거루' 자녀들 때문이라고 한다. 은퇴자 두 명 중 한 명은 학업을 마친 미혼 성인 자녀와 동거하고 있다. 이들은 전체 생활비의 19.9퍼센트를 자녀에게 지출하고, 결혼과 취업 지원을 위한 예상 비용이 평균 1억 2,852만 원이라는 조사도 있다.

황혼육아

맞벌이에 바쁜 아들딸을 위해 손주들을 키워 주고 반찬을 만들어 나르는 A/S는 이미 오래된 풍속도이다. 옛말에 "집에서 애기 볼래? 뜨거운 들판에 나가 콩밭 맬래?" 하고 물으면 열에 아홉은 모두 7~8월 뙤약볕 아래 들판으로 일하러 나간다고 한다는데……. 그만큼 애 보는 것이 힘들고 고생스러운 일이다.

황혼을 맞아 여생을 즐겨야 할 노후에 또다시 손자 손녀를 키우는 황혼육아가 갈수록 증가하고 있다. '손주가 오면 반갑지만 가면 더 반갑다'는 말은 그냥 가볍게 지나쳐 버릴 농담이 아니다.

얼마 전 모임에 갔다가 황혼육아가 화제에 올랐다. 그 자리에 있던 한 사람이 큰딸의 아이를 세 명째 돌봐 주고 있었다. 모두들 그 친구에 대해서 감탄과 연민을 쏟아냈다. 건강 상태도 다 같이 걱정해 주었다. 그 자리에서 손주를 돌보고 있는 지인들의 사례가 줄지어 나왔다.

딸의 아이를 돌봐 주고 있는 한 지인은 그 딸이 둘째를 가졌다는 말을 듣고는 "미친 ×!" 운운하면서 짜증을 냈다고 한다.

또 성당에서 알고 지내는 또 다른 지인이 걱정 가득한 얼굴로 기도하러 온 것을 보고 무슨 일이 있는지 물어보니 딸이 둘째를 임신했는데 쌍둥이란다. 걱정이 태산. 우울증 걸리기 직전이라서 기도로 마음을 다스리러 왔단다.

주변을 보면 상대적으로 아들 가진 어머니들은 느긋한 편이다. 대부분 친정 엄마가 손주를 돌보는 걸 당연하게 생각하는 분위기 때문이다. 며느리 입장에서도 친정 엄마가 훨씬 편하기 때문에 선택한 결과이기도 하다.

그러다 보니 예비 며느리를 정할 때 친정이 어느 지방인가도 고려해야 할 대상이 되었다고 한다. 며느리 직장은 서울인데 친정이 너무 멀면 육아에 대한 고민이 커지기 때문이다.

실제로 부산 사는 내 친구는 서울에서 직장 다니는 딸의 아이를 맡아서 키우고 있다. 딸 부부는 한 달에 두 번 정도 왔다가 간다. 이게 뭐지?

한편 부모님이 애들을 봐 주는 대신 용돈을 드리는데 그 액수가 부모님께서 만족하실 정도는 아니다. 부모에게 아이 양육을 부탁하는 가정의 경우, 형편상 양육비를 드리지 못한다는 비율이 15.8퍼센트나 된다. 월 29만 원 미만이 12.3퍼센트, 30~39만 원이 14퍼센트, 40~49만 원이 12.3퍼센트, 50~59만 원은 21.2퍼센트의 비율로 나타났다. 참고로 육아 도우미에게 지급해야 하는 금액은 매달 140~150만 원이고, 계속 비용은 증가하는 추세이다.

한국에서 손주를 키우는 할머니들은 일주일에 72.2시간 동안 중노동을 한다고 한다. 어느 병원에서는 허리 통증 환자의 35퍼센트가 육아 때문에 병을 얻은 것으로 조사됐다.

한 노인 보고서에 나온 '손주 키우다 골병드는 노후' 항목을 보면 손주 양육의 훈장은 허리디스크와 관절염이라고 지적했다. 또한 하버드대 연구팀 조사에서는 일주일에 9시간 이상 손주를 돌본 할머니들의 심장병 발병률이 그렇지 않은 할머니들보다 55퍼센트 높게 나왔다고 한다.

황혼육아를 하는 노인들은 개인 시간이 사라지게 되면서 우울증

발병률도 높았고, 게다가 양육 방식 차이로 자녀와 갈등을 겪는 경우도 많았다. 하지만 자식을 위한 희생을 당연시하는 한국 노인들이 일하는 딸이나 며느리를 위해서 손주를 돌보는 경우는 외국보다 현저히 많았다.

가난한 부모는 짐이 되고, 재산 많은 부모는 봉이 된다

전 세계적으로 유래가 없이 우리나라에서는 성인 자녀들을 위해 모든 재산을 다 쏟아 붓는 형태가 점점 심화되고 있는 가운데 자식의 부모 부양 형태는 서구식으로 변하고 있다. 아니지. 요즘 자녀들은 능력이 있으면 있는 대로, 없으면 없는 대로 부모 부양의 책임을 느끼지 않는다는데, 그걸 꼭 서구식으로 변하고 있다고 말할 수 있는지 모르겠다.

'서구식'이라고 말할 것 같으면 모든 자녀는 20대가 되면 독립해서 나가야 한다. 자기가 알아서 학비와 생활비를 벌고, 알아서 결혼하고, 알아서 자식들을 키워야 한다. 그런 건 전혀 따라하지 않고, 나이 들어도 손 벌리는 걸 당연하게 여기는데 뭐가 서구식이냐고? 어쨌든 이 흐름을 바꾸기는 어려울 듯하다.

좋든 싫든 자식 봉양 받던 시대에서 자활의 시대로 바뀌었다. 평생 부모를 봉양해 온 세대이지만 자신의 노후에 펼쳐진 길은 혼자 알아서 가야 한다. 혼자 가야 할 뿐 아니라 조금이라도 벌 능력이 있다면 자식과 손주에게 보태 주어야 하는 걸로 바뀌었다.

슬프게도 자식들에게 짐이 되기 싫어서 스스로 목숨을 끊는 노인들이 증가하고 있다. 자식 키우느라 노후 대책을 세워 놓지 못한 노인들이 대부분이다. 늙은 부모의 빈 주머니는 고스란히 자식들의 부담이 되기 때문이다.

한편 부모가 가난하면 나 몰라라 하는 자식들이 부모가 재산이 있으면 자기 것으로 생각한다. 그나마 부모가 경제력이 있으면 한 번이라도 더 찾아오고 신경 좀 쓰려고 한다.

시어머니들의 모임에서 나온 말이다.

"나는 며느리 올 때 지갑에 돈이 없으면 빳빳한 종이라도 넣어 둬. 그래야 며느리가 말을 듣는 척이라도 하지. 너희들도 보석함에 진짜 보석이 없거들랑 돌멩이라도 가득 채워 둬. 묵직하게 뭔가 들어 있다고 느끼게 해야 효도를 한다고."

시부모가 출산장려금을 수백만 원씩 주어야 되고, 축하금도 따로 챙겨 줘야 하는 시대이다. 자식에게 무시당하지 않으려면 돈이 최고의 무기가 되었다.

3번아 잘 있거라, 6번은 간다

정말이지 한국의 노부모들은 자식들을 위해 눈물겹게 살아왔다. 그러고도 제대로 대접도 못 받는다.

자녀를 등골 빠지게 애지중지 키워 출세시킨 아버지가 아들 집에 머물면서 가족 간의 서열을 눈치챘다. 1순위는 손자, 2순위는 며느리, 3순위는 아들, 4순위는 강아지, 5순위는 가사 도우미, 6순위가 자신으로, 강아지보다 못한 '개밥의 도토리 신세'라는 것을 알았다.

외출했다 돌아오면 텅 빈 아파트의 보안키 번호를 깜빡 잊어 들어가지 못하고 겉돈 적도 있다. 결국 귀향 버스에 올라 아들에게 전화로 인사를 전했다.

"3번아 잘 있거라, 6번은 간다."

어떤 노인에게 세 명의 아들이 있었다. 하루는 아들 셋이서 골프를 치러 갔다. 다른 팀에서 보니 앞의 세 사람이 너무 진지하게 공을 치고 있었다. 세 명인데도 뒤 팀은 기다리기 일쑤였다. 매너 좋은 뒤 팀은 기다리며 이렇게 생각했다.

'앞 팀이 무지하게 큰 내기를 하나 보다.'

마침 그늘집에서 앞 팀을 만난 뒤 팀의 멤버 한 명이 앞 팀 캐디에게 "도대체 얼마짜리 내기를 하느냐?"고 물었다.

그러자 캐디가 말했다.

"진 놈이 아버지를 모시기로 했대요."

설마 캐디가 '놈'이라고 했겠냐마는 부모 부양을 걸고 한 골프 내기 이야기이다.

'딸 둔 부모는 주방에서 일하다가 죽고, 아들 둔 부모는 길에서 헤매다 죽는다'는 말이 요즘 세태를 잘 보여 준다고 하겠다.

다 쓰고 죽어라

불효자가 부모를 가르친다

한 모임의 카카오톡 단체방에 다음과 같은 글이 떴다. 작자 미상이라고 한다. 이 글에서 아들은 쏙 빠지고 며느리만 시부모를 상대하고 욕먹는 상황이 불편하지만, 그게 주된 이야기가 아니므로 감안하고 보기를 바란다.

부모님을 모시는 것이 귀찮다는 젊은이들의 행위는 자식들을 왕자, 공주로 키운 부모에게도 책임이 있다. 자식을 기를 때 자식 비위를 맞추기에 혼신의 힘을 다한 부모는 결국 자식들의 하인이 되는 원인이 되었다.

자식 가르치려고 모든 것을 팔아 뒷바라지해서 의대를 졸업시켰건만 며느리는 갖은 이유로 부모를 못 모신다면서 골방 하나 얻어 주고 생활비 몇 십만 원 주면서 집에도 못 오게 한다. 그러면서 다들 요양원에 가는 시대라고 은근히 요양원에 가기를 강요한다.

어쩌다 전화하면 며느리는 어머니에게 왜 노후 준비도 안 했는지 따져 묻는다. "그동안 아들 의사 만들었지."라고 말하면 부모로서 학비 대는 것은 당연한 것 아니냐고 하니 노인은 기죽을 수밖에 없다.

부모들은 훗날을 위해 자식들에게 모든 것을 바쳐 뒷바라지한다. 아들이 가문의 영광이며 우리집 기둥이라고 하면서. 하지만 그 기둥이 부모를 배신한다. 자랄 때 대접만 받고 부모 봉양법을 못 배운 아이가 어른이 되어서 어찌 부모 봉양을 할 수가 있겠는가?

맞다. 자녀들을 그렇게 만든 것은 바로 부모 자신이다. 자식을 위해서는 뭐든 다 희생해 온 한국의 부모들은 자녀들이 커서도 부모에게 의지하도록 키웠다. 이는 개개인의 잘못이라기보다는 사회의 분위기이고 문화라고까지 할 정도이니 어떻게 할 수 없는 측면도 있다. 남들 다 그렇게 하니까. 안 해 주면 우리 아이가 너무 힘드니까.

'다른 부모는 이렇게까지 해 주는데……'라는 생각을 부모들 스스로도 하고, 그걸 보고 들으며 살아온 자식들도 당연하게 여기는 것이다.

급기야 어떤 돼먹지 못한 자식은 이런 말도 한다고 들었다.

"자기(부모)네 좋아서 자식을 만들어 놓고는……."

"누가 낳아 달라 했냐고……."

"해준 게 뭐 있냐고……."

남들은 경쟁 심한 이 사회에서 부모의 지원을 받아서 상대적으로 편히 사는 걸로 보이니까 나오는 막말이다. 물론 한참 덜 떨어진 것들이지만.

자녀 독립시키기, 자녀에게서 독립하기

한편, 은퇴자의 삶의 질을 떨어뜨리는 요소 중 가장 큰 문제는 자녀와의 관계 악화이다.

자녀는 아무리 나이가 들어도 부모에게 아이로 보이기 때문에 부모는 이런저런 간섭을 한다. 자녀를 어릴 때부터 내내 치마폭에 싸서 키운 어머니들이 대학에 간 아이들 학점 문제로 대학 교수한테 전화를 걸어서 따졌다는 이야기도 들린다. 또 대학 졸업 후 입사 시험이나 면접 준비까지 코치를 일삼고, 입사 후에 직장 내 갈등이 생겼을 때도 그 어머니가 나선다는 이야기까지 들린다.

이런 자녀들은 학교생활이나 사회생활에서 놀림감이 되기 일쑤인데 혹 여기서 자녀가 벗어나려고 하면 그 부모(주로 어머니)는 세상 끝난 것처럼 슬퍼하기도 한다.

성인 자녀와의 관계를 개선하기 위해서는 무엇보다 부모가 장성한 자녀를 성인으로 대하는 것이 중요하다. 비록 늦은 나이까지 학교를 다니고, 안정된 직장을 얻지 못하고, 결혼을 하지 않았더라도 그들은 더 이상 '아이'가 아니다. 보호라는 명분 아래 자신들이 통제할 수 있다는 믿음을 부모가 먼저 버려야 한다. 그래야 자녀도 독립된 인간으로 성장할 수 있다.

며느리와 딸

그 연장선에서 결혼한 자녀들의 삶에 깊이 관여하는 것도 우리나라 특유의 현상이다. 물론 결혼 자금, 집 장만 자금을 모두 대 주기 때문에 가능한 일일 것이다. 일상생활에까지 개입하여 자녀들의 부부 관계에 갈등을 일으키는 경우도 많다.

집집마다 귀한 아들, 귀한 딸이다 보니 자녀가 결혼한 후에도 자녀의 살림에 관심을 갖고 감 놔라 배 놔라 하는 통에 시어머니와 며느리 사이의 갈등뿐 아니라 장모와 사위 사이의 갈등도 간단치 않은 모양이다.

분가한 아들 며느리를 매주 집에 오게 한다든지(하지만 이건 돈 좀 있는 집 얘기이다. 시부모가 주머니에 돈 없는 걸 알면 좀처럼 오지 않는다), 시도 때도 없이 자녀의 집을 방문한다든지 하는 경우가 그 예이다. 결혼한 며느리가 안부 전화를 자주 안 한다고 서운해 하는 것도 흔한 일이다.

김치나 밑반찬을 해서 갖다 주거나 집에 가서 설거지나 청소를 해 주는 등 시어머니는 바쁜 아들 며느리를 위해 애쓴다. 사실 알고 보면 며느리를 위한다기보다는 아들이 끼니도 못 얻어먹을까봐 나르는 것이지만.

그렇지만 며느리는 고마워하기는커녕 자주 들락거리는 시어머니의 존재를 부담스러워 한다. 현관 비밀번호를 알아서 아무 때나 열고 들어오면 질색한다. 아들 혼자 살 때 드나들면서 치워 주고 반찬 해준 것의 연장으로 생각하는 시어머니는 며느리가 그렇게 싫어하는지도 모른다.

며느리를 수시로 오라고 해서 밑반찬 등 이것저것 먹을거리를 늘 챙겨 주던 시어머니가 있었는데 언젠가부터 며느리가 이런저런 일로 바빠서 못 왔다. 하루는 그날도 며느리가 지방에 갔다고 해서 반찬을 싸 짊어지고 며느리 집(아들 집)에 갔는데 누워 있던 며느리가 황급히 나왔다. 며느리 못지않게 민망했던 시어머니. 친구들에게 하소연했다. 우리 젊었을 때는 시부모한테 갈 때 선물에 돈까지 갖다 드리고 일도 죽어라 했는데, 지금 며느리들한테는 일체 바라는 거 없이 오히려 챙겨 주기만 하는데도 왜 그러는지 모르겠다고.

'장가간 아들은 내 아들이 아니고 단지 며느리의 남편'이라는 고명하신 명언이 있다.

'똑똑한 아들은 나라의 자식, 돈 잘 버는 아들은 사돈의 자식, 못났다고 구박했던 아들만 내 곁을 지킨다'는 말도 있다.

서운해도 할 수 없다. 적응해야 한다. 아무리 내가 마련해 준 집이라도 며느리의 집(아들 집)에 함부로 들락거리면 안 된다는 것을 알아야 한다.

며느리들은 말한다. 돈을 대 주지 않아도 좋으니까 내 생활에 끼어들지 않았으면 좋겠다고. 하지만 그 며느리는 시부모가 경제적 지원을 안 해 준다고 내 아들에게 바가지 긁고 있을 거다. 그래도 모른 척할 것. 기대를 버릴 것. 기대를 안 하면 서운할 것도 없다.

며느리는 딸이 아니다. 절대로 며느리를 내 딸처럼 생각하지 말 것. 며느리에게 기대하지 말 것. 전화도 기다리지 말 것. 정도 없는 남의 딸이 어떻게 자발적으로 안부 전화를 수시로 해야 한단 말인가. 무소식이 희소식인 것을.

며느리가 바라는 것이 그거다. 부모니까 될 수 있으면 많이 지원해 주면 좋겠다. 결혼 비용, 집 마련 비용은 물론이고 때마다 출산 비용, 육아 비용 등등. 하지만 간섭은 일체 말고 저희들끼리 살게 놔둬라.

서운하신가? 그러면 돈을 대 주지 말 것. 혹시 돈을 대 주었다면 그걸로 끝내고 유세 떨지 말 것.

노후 자금 움켜쥐기

이 시대의 원로, 김형석 교수님이 방송에 나와 강연하는 걸 우연히 들었다.

80세가 넘어 보니 친구들 대부분이 자녀 집에 잘 가지 않아요.

그 이유는 자녀의 보살핌이 기대에 못 미치게 마련이지. 부모가 자식에게 주는 사랑은 절대적인 사랑이었다 말이야. 베풀었던 사랑이 컸기에 자식이 하는 건 거기에 못 미치게 돼 있어요. 당연히 서운할 수밖에.

자녀와 함께 사는 사람들은 대부분 후회하고 다시 독립했어요. 노년의 자유와 행복을 위해 스스로 독립해야 한다고 생각합니다. 자녀에게 준 사랑을 받으려 하지 마세요. 내리사랑이 삶의 도리라는 것을 명심해야 돼요. 그러니까 노년에 경제적 자립이 중요해요.

50세부터 계획을 잘 세워서 본인의 경제력을 책임져야 돼요. 자녀들에게 노후 자금을 퍼 주는 부모들은 자칫 모두가 불행해지는 길로 가는 거예요.

부모 자식 간의 부양 문제를 많이 겪어 본 한 법조인이 이런 말을 한 적이 있어요.

"부모와 자식이 함께 빚을 짊어지는 것보다 자식만이라도 홀로 서게 하는 게 낫습니다."

마지막 말은 참으로 점잖은 표현이다. 그 말인즉슨, 부모 자식 다 망해 먹지 말고, 노후자금은 꼭 움켜쥐고 있으라는 말이다.

노인전문가 박영재 님도 충고한다. 우리 사회에서 부모가 돈 있는 걸 알면 그 돈 다 털릴 때까지 자식들이 손을 벌린다. 그러니까 시스템에 의존해야 한다고 한다. 노후 자금을 종신형 즉시 연금에 가입하라고 한다. 일시불로 돈을 넣고 다음 달부터 연금을 받는 제도이다. 이건 해약 불가라고 한다. 또, 주택 연금(모기지)에 넣어서 집을 은행에 맡기는 대신 죽을 때까지 일정 금액을 현금으로 받으라고 한다. 자녀의 돈 부탁을 피할 수 있는 방법이다.

그래서인지 '집을 물려주지 않겠다'는 노인이 갈수록 늘고 있다. 주택금융공사의 조사에 의하면, 은퇴를 앞둔 50대 중 자녀에게 집을 물려주지 않겠다는 사람이 절반에 가까운 것으로 나타났다. 60세 이상에서도 30퍼센트 정도이다. 그 비율은 해마다 비약적으로 늘고 있다. 대신 주택 연금을 이용하겠다는 응답도 빠른 속도로 늘고 있다고 한다.

자식한테 다 퍼 주고 비참한 노후를 맞이하는 사람이 되지 않겠다는 현명한(?) 노인들이 늘고 있다는 바람직한 소식이다.

그래도 천륜을 끊기는 어렵다

앞에서 이러쿵저러쿵 길게 늘어놓기는 했지만 자녀가 어렵다고 도움을 요청할 때 외면할 수 있는 부모는 거의 없다. 자식은 영원히 지고 가야 할 짐이기 때문이다. 나에게 의지하고 있는 자녀를 내칠 수도, 원망만 할 수도 없는 노릇이다. 자녀가 힘든데 행복할 수 있는 부모는 없으니까.

황혼육아도 결혼하고 직장 다니는 딸(며느리)이 힘들어서 쩔쩔매는 걸 보고는 차마 외면하지 못해서 도와주게 되는 것이다. 아이 돌보미가 있다고 해도 그 돌보미 역시 출퇴근 시간이 있다. 주말에는 쉬어야 한다. 그 사람도 사람인지라 아프거나 개인 사정으로 결근할 때도 있다. 그런데 딸(며느리)의 직장에서는 야근도, 주말 근무도, 출장도 있다. 자식을 사랑하지 않는 부모가 어디 있으랴? 아이를 돌봐 주지 않으면 딸 또는 며느리와 그 남편이 직장생활을 제대로 해낼 수가 없다는 걸 뻔히 아니까 결국 손주를 돌봐 줄 수밖에 없다는 게 앞서 황혼육아에 대해 개탄했던 모임의 결론이었다. 에효.

다 큰 자식 때문에 걱정을 하고 스트레스를 받고 있는 많은 노부모들에게 《계로록》을 쓴 소노 아야코의 말이 조금 위안이 되지 않을까?

'자식이 걱정을 끼친다면 오히려 감사할 일이다.'

아프거나 뭔가 부족하여 혼자 자립하여 살 수 없는 자녀와 함께 늘어가게 되면 죽으려야 죽을 수가 없다. 동년배들보다 훨씬 강인해야 하고 부지런해야 한다. 한 마디로 해이한 마음을 갖는 것은 불가능하다.

자식 걱정에 더 빨리 늙을지, 자식 돌볼 책임감에 더 씩씩하게 살아서 늙을 시간이 없을지 알 수 없는 노릇이지만.

썸 타는 노인들

할머니 결혼식에 가야 해요

한 예능 프로그램에 나오는 독일 청년이 다음 주에는 독일에 휴가 가기 때문에 방송에 출연하지 못할 거라고 했다. 다른 출연자들이 독일에 가는 이유를 물으니 할머니 결혼식에 참석하러 간단다. 중국인, 일본인 등 동양인 출연자와 한국인 사회자 눈이 휘둥그래진다.

"할머니 결혼식? 몇 살이신데?"

"72세요."

"와~ 근데 그 남자친구도 할아버지일 거 아네요?"

"네, 근데 제가 원래 알던 남자친구가 아니고, 6개월 전부터 새로 사귄 사람이래요."

와, 쏘 쿨. 감탄이 절로 나온다.

가끔 서양인들의 자유로운 이성 교제가 부러울 때가 있다. 저들은 평생 이성 친구를 잘도 만들고 바꾸고 사니 참 흥미진진한 인생이겠다 싶다. 아침에 눈 뜨면 그(그녀)가 보고 싶고 궁금하고 잘 해 주고 싶은 게 사랑 아닌가? 자신과 그 대상이 살아 있다는 그 자체에 감사하며 살게 해 주는 게 사랑 아닌가? 사랑을 하면 삶은 의미 있고, 마음은 활기차고, 몸은 젊어진다.

서양인들이 그렇게 사랑을 많이 하니 평생 누리는 행복의 총량은 우리 한국인에 비교할 수 없이 많을 듯하다. 물론 그 많은 사랑이 깨질 때마다 겪어야 하는 슬픔의 깊이는 계산하지 않고 하는 말이다. 이별의 아픔이 싫어서 사랑을 시작하는 데 망설이는 사람이 또 얼마나 많은가? 사랑과 이별이 쉬운 만큼 이혼도 흔해서 그 자녀들이 받는 상처의 총량도 우리보다 훨씬 더 크겠지.

어쨌든 개인적으로는 슬픔과 상처가 크더라도 사랑의 기회가 찾아오면 피하지 말라는 주의이고, 이혼하게 되더라도 결혼을 해 보는 게 낫다고 하는 입장이다.

　한 라디오 프로그램에서 나온 이야기이다.

　한 청년이 지하철 안에 서 있는데 앞에 앉은 할아버지가 옆의 할머니 허벅지를 만지고 있는 걸 내려다보게 되었다. 할아버지 무릎에는 가방을 세워 놓아서 그 청년 말고는 아무도 볼 수 없었다. 청년은 할머니가 말도 못하고 어쩔 줄 몰라 하는 것 같아서 끼어들었다.

　"두 분 아는 사이세요?"

　할아버지는 손을 거두었고, 두 분은 대답이 없었다.

　할머니에게 다시 물었다.

　"할머니, 이 할아버지와 아는 사이세요?"

　할머니가 대답하셨다.

　"아는 사이면 어떻고, 모르는 사이면 어때?"

　헉, 할머니가 느끼시는데 방해를 한 셈이라고 진행자들이 멘트를 달았다.

　웃자고 하는 이야기에 늘 정색을 하고 사회적 의미를 탐색하는 남편에게 이 이야기를 해 주니 아니나 다를까 웃지도 않고 정색하며 요즘 지하철 성추행이 심각하다고 들었다나 어쨌다나.

성추행을 옹호하는 건 절대로 아니다. 아마도 억지로 만들어 낸 우스갯소리로 생각되지만 노인에게도 이성에 대한 관심이나 성욕이 여전하다는 것을 말하고 싶은 거다.

죽어도좋아

흔히들 나이를 먹으면 이성에 대한 관심이 없어지는 줄 안다. 나도 젊을 때는 그렇게 생각했다. 그렇게 생각하는 건 꼭 우리 잘못만은 아닐 것이다. 우리 부모 세대들, 특히 어머니들은 남성도 여성도 아닌 '무성無性'인 것처럼 행동했고 그렇게 보였으니까.

하지만 그 생각은 계속 바뀌고 있다.

〈죽어도 좋아〉라는 영화는 노인의 성을 우리 사회의 화두로 끄집어 낸 영화이다. 일흔이 넘은 나이, 배우자와 사별하고 새로 만난 두 남녀는 뜨거운 사랑을 시작한다. 주인공들의 실화이다. 노골적인 성행위 장면 때문에 제한상영가 판정이 내려지고, 세 번의 심의 끝에 색 보정을 거쳐 18세 관람가 판정을 받았다.

영화에 대한 대중의 반응이 갈라졌다. 노인을 성적 존재로 보는 것 자체가 망측하다거나 그 양반들 주책이라는 의견들이 있는 반면, 노인도 살아 있는 한 사랑하고 즐길 권리가 있고, 이제 우리 사회도 노인의 성에 대해 관심을 가질 때가 되었다는 의견들이 있었다.

〈그대를 사랑합니다〉라는 영화에는 노년의 두 커플이 나온다. 그 중 한 커플의 이야기는 새벽에 우유 배달을 하는 할아버지 만석과 폐지 줍는 할머니 사이의 사랑 이야기이다. 서로를 생각하는 절절한 감정이 젊은이들 못지않다.

평생 외롭게 살아온 '이뿐이' 할머니에게 할아버지가 하는 고백.

"당신이란 말은 못 쓰지. 먼저 간 내 당신에게 예의를 지켜야지. 그 대신…… 그대…… 그대를 사랑합니다."

그 말에 할머니는 눈물을 쏟는다.

이렇게 어르신들의 사랑 이야기가 영화의 소재로 등장하는 경우가 점점 많아지고 있다. 그만큼 노년의 사랑이 더 이상 낯설지 않다는 말이다. 많은 노인들이 사랑을 하고, "늙으면 죽어야지."라는 말 대신에 "죽어도 좋아!"라고 말하게 될 정도면, 그래서 행복한 노인들이 많아진다면 우리 사회도 더 밝은 명랑 사회가 될 것 아닌가.

공개적으로 썸 타는 노인들

절친한 후배의 사돈 이야기이다.

그분은 젊었을 때 LA로 이민을 가 세탁소를 하면서 가족들과 단란하게 살았다. LA 폭동 때 아내와 아들을 잃었지만 남은 두 딸을 미국에서 졸업시키고 함께 한국으로 돌아와 두 딸을 결혼시켰다.

큰딸은 먼저 결혼해 나갔고, 나중에 결혼한 둘째 딸과 계속 같이 살게 되었다. 그 어르신은 손주들이 어렸을 때는 물론이고, 아이들이 3년 동안 미국에 공부하러 갔을 때도 따라가서 잘 지냈다.

단정한 외모에 연금 수입이 있던 그 어르신은 아이들과 미국에 가기 전부터 한 할머니를 사귀고 있었는데 귀국하면서 다시 만나게 되었다. 한국에 돌아온 지 3년쯤 지난 83세 무렵 그는 치매를 앓기 시작했다. 그러나 그 두 분은 계속 만났다. 할머니는 아직도 반찬이니 죽이니 만들어서 정기적으로 방문한다.

몸이 불편한 아버지를 만나러 오는 할머니를 딸과 사위는 고마워하면서 기꺼이 자리를 비켜 준다고 한다.

거동이 불편하지만 재력이 있는 남자 노인들과 정기적으로 방문하는 요양보호사 사이의 로맨스도 종종 들린다. 광주에 사는 지인은 최근 몇 년 사이에 이렇게 알게 되어 결혼까지 하게 된 커플을 주변에서 셋이나 봤다고 한다. TV 드라마에서나 나오는 이야기가 아니다.

배우자가 있든 없든 상관없이 요양보호사가 오는 날이면 남자 노인들은 말끔하게 씻고 단장하며 '그녀'를 기다린다. 그리고 이런 노인들은 전보다 건강 상태가 훨씬 좋아진다고 한다.

남편의 병간호를 하기 싫어서 요양보호사 손에 맡기고 자유롭게 돌아다니는 아내는 그들 사이에 로맨스가 싹틀 기미가 보이면 대단하게 질투를 한다는 뒷말도 들린다. 분위기가 좀 이상해지면 그걸 일러바치는 건 딸의 몫이라고.

복지관 커플

쉬쉬 했던 황혼의 연애가 점점 공개적으로 바뀌고 있다. 노인들이 가장 쉽게 이성을 접할 수 있는 곳은 지역마다 있는 노인복지관, 문화센터, 주민센터 등이다. 이곳에서는 다양한 프로그램이 운영되어 함께 배우고 연습하면서 자연스럽게 가까워질 수 있는 기회가 많다. 이른바 노인들이 '썸 타는' 현장이다.

일단 복지관에 나갈 정도면 뭔가 배우려는 의지와 어느 정도의 건강 상태를 유지하고 있는 노인들이라고 할 수 있다. 무엇보다 신분이 확실하다. 대부분 단정한 차림새와 매너도 갖췄다. 캠퍼스 커플을 의미하는 CC처럼 'BC(복지관 커플)'라는 말도 생겼다고 한다.

이성에 대한 관심은 긍정적 효과를 불러온다. 나이들면서 추레해지기 쉬운 모습에 품격을 더해 준다.

오래전부터 노인복지관에서 봉사 활동을 해 온 이수환 신부는 이렇게 말한다.

"할머니들의 요구에 의해서 할아버지들이 담배도 나가서 피우십니다. 혼자 계시면 옷차림도 신경 안 쓰고 냄새가 나는 경우도 있는데 복지관을 다니면서 점점 깨끗해지고 멋스러워지기도 한답니다."

또 이런 말도 한다.

"당구장을 새로 꾸몄는데 할머니들은 잘 못해서 할아버지들에게 배워야 되는 입장입니다. 예쁘게 꾸미고 다니는 어르신은 커피를 얻어먹으면서 배우지만 잘 꾸미지 않는 어르신은 커피를 사 줘도 배우기 어려운 입장이죠."

에잇, 늙은 거나 젊은 거나 예쁜 것만 좋아한다!

BC보다 신뢰와 안정감을 주지는 못해도 말 만들기 좋아하는 사람들이 다른 종류의 커플에도 이름을 붙여댄다. 콜라텍에서 만난 CC(콜라텍 커플), 영화를 보면서 만난 MC1(무비 커플), 등산을 하면서 만난 MC2(마운틴 커플), 공원이나 거리 산책을 하다가 만난 SC(스트리트 커플) 등.

이 중에서 콜라텍 커플CC과 마운틴 커플MC2은 꽃뱀을 만날 확률이 크니까 조심해야 된다. 말 나온 김에 팁을 드리자면, 제비는 겉보기에 티가 난단다. 말끔하게 차려 입고, 춤을 잘 추며, 매끄러운 말솜씨를 가졌다. 하지만 꽃뱀은 티가 안 난다. 수수하게 차려입고, 세상 물정 잘 모르는 듯한 순진한 언행을 하면서 남자 노인들에게 접근한다. '참한' 여자가 더 매력적일 수 있으니까.

상대적으로 돈이 좀 더 많은 남자 노인들은 특히 조심해야 한다.

자식 눈치 보느라

혼자 사는 노인의 수명이 배우자가 있는 사람보다 짧다고 한다. 독신 노인은 심리적으로나 경제적으로나 더 빈곤하고, 아울러 건강 관리에도 더 불리하다. 특히 80대 이후 부부가 사별했을 때 정신적 고독감이 극대화된다고 한다. 심신의 건강, 나아가서 행복한 노후 생활을 위해서 가급적 혼자 살지 않는 게 좋다면서 이성 친구와의 교제를 권장하기도 한다. 사실 혼자된 노인이 이성친구가 있으면 아들딸도 편하다.

그렇지만 아직까지는 노인들이 연애를 해도 재산 문제 등이 얽혀 있어서 쉽게 결혼까지 가지는 않는다고 한다. 자식들이 반대하는 경우가 많은데 대부분 홀로된 아버지나 어머니의 애인을 자신의 가족으로 받아들이기가 어렵고, 상속 문제가 얽혀 있기 때문이다. 또 스스로 자식의 눈치가 보여서 결혼할 엄두를 못 내기도 한다.

한 지인의 시아버지는 몇 년 전 100세에 돌아가셨다. 83세에 아내가 죽고 87세에 70대인 할머니를 만나서 연애를 시작했다. 보기 좋은 풍채에 평소 양복을 즐겨 입고 중절모를 쓰고 다녀서 할머니들에게 인기가 있었다. 하지만 이렇다 할 재산은 없고 서로 봉양을 미루는 다섯 아들 며느리의 눈치를 보며 사는 상황이었다. 다행히 셋째 아들이 얻어 준 전세방에서 그럭저럭 지내다가 만난 할머니와 인연을 맺게 된 것이다. 이들은 서로의 집에서 머무는 시간도 많아졌다.

할머니가 할아버지의 다섯 아들 며느리를 불러 다음과 같이 요구했다.

"할아버지를 돌아가실 때까지 잘 돌볼 테니 대신 나의 노후를 책임져 달라."

자식들의 대답은 "NO!"였다. 시어머니를 두 명이나 모시라고? 그렇게는 못 한다는 거였다. 그렇게 흐지부지 되어 결국 헤어지고, 할아버지는 90대에 거의 혼자 지내다가 돌아가셨다.

사실 돈이 있는 노인의 경우 결혼으로 이어지기 더 어렵다고 한다. 재산 있는 아버지는 결혼 못한다는 게 정설이다. 노년에 재혼을 하려면 먼저 재산 정리를 해야 한다. 그래서 나온 대안이 미국이나 유럽에서 흔히 볼 수 있는 동거이다. 노년에는 여러 가지 무리가 따르는 결혼보다 이성 친구와의 동거가 더 쉬운 방법이다.

중국의 경우 80세 이상의 노인 중 새로 결혼을 했지만 혼인 신고를 한 경우는 10퍼센트가 채 되지 않는다고 한다. 우리처럼 '자녀의 반대'가 주된 이유였다. 한편 스웨덴에서는 언제든지 자유롭게 헤어지고 새로운 상대를 만나기 위해 노인 커플 중 30퍼센트 정도가 혼인 신고를 하지 않는다고 한다.

우리나라도 노인의 경우는 혼인보다는 동거를 하거나 그냥 각자의 집에서 지내면서 필요하면 서로 만나서 챙겨 주고 돌봐 주는 관계, 말하자면 애인 관계로 만족하는 경우가 많다고 한다.

썸 타고 싶으신가요

이런 이야기를 하다 보면 은근 부러운 마음도 없지 않다. 앞에서 말한 72세에 결혼식을 올린 독일 할머니처럼은 아니더라도 눈 뜨면 보고 싶고 가슴 설레게 하는 상대가 있다면 얼마나 생기 있는 삶이 될까?

하지만 노년의 로맨스, 그것도 아무나 할 수 있는 게 아니다. 당연한 이야기지만 필수 조건은 우선 솔로여야 한다는 것. 부부 두 분 다 건강하신가? 아무리 배우자가 밉더라도 이혼하지 않는 한 로맨스는 꿈도 꾸지 마시길. 뭐 꿈꾸는 거야 자유지만 여기는 서양이 아니니까 실현 가능성은 매우 낮다고 봐야 된다.

황혼이혼도 옛날보다 많아졌다고는 하지만 아직 우리나라는 새로운 사랑을 만나서라기보다는 평생 참고 살아오다가 억압의 당사자인 배우자에게서 '자유'를 획득한다는 의미가 더 크다.

자유로운 솔로라고 해서 그렇게 쉽게 운명의 상대를 만날 수 있는 것도 아니다. 일단 남자 노인의 수가 여자 노인에 비해 엄청 적다. 남자와 여자의 평균 수명이 10년 이상 차이가 나니까 그럴 수밖에 없다. 복지관이나 경로당에서 수가 적은 할아버지를 놓고 여러 할머니들의 경쟁과 질투가 상당하다고 들었다.

한편, 그나마 남아 있는 남자 노인들은 가부장적 사고에 사로잡혀서 고루한 이야기만 늘어놓거나 상대방에 대한 배려심이 부족하거나 공중도덕에 대한 개념이 없는 등 비호감 노인일 경우가 많다. 담배 냄새 같은 아주 간단한 이유로도 할머니들은 고개를 내젓는다. 즉, 멋진 할머니에 비해 멋진 할아버지는 좀처럼 찾아보기 어렵다.

그러나 뭐니 뭐니 해도 최고로 중요한 것은 건강이다. 내 몸 아프면 다 귀찮다. 몸이 아픈데 어디 다른 사람에게 신경 쓸 마음이나 생기랴.

다음 이야기는 전철의 경로석에서 벌어진 실화라고 한다.

정수리 숱이 허전한 거 말고는 나름 멋쟁이인 70대 후반 할아버지가 다른 자리로 옮기신다. 예쁘장하니 곱게 나이 든 할머니 옆자리였다. 힐끔힐끔 자꾸 쳐다보던 할아버지는 마침내 용기를 내서 말을 건넨다.

"저, 시간 괜찮으면 다음 역에서 커피 한 잔 합시다."

망설이던 할머니가 생긋 웃으며 고개 끄덕인다. 와~ 두 노인네 썸 제대로 타셨네. 주변 사람들이 안 보는 척하면서도 귀를 쫑긋한다.

드디어 다음 역에서 할아버지가 먼저 일어나고 할머니가 일어서길 기다리신다. 이때 할머니가 "에구구 아이고." 소리를 내며 엉거주춤 허리를 잡고 일어선다. 그 모습을 지켜보던 할아버지가 "이런, 없던 일로 합시다."라며 잽싸게 혼자 내려 버린다.

할머니가 얼굴을 살짝 붉히며 허리를 잡고 "미친놈 다 봤네. 에고 아고." 소리 내며 다시 앉는다. 옆자리 사람들은 모두 모른 척할 수밖에.

썸을 타면 샤워라도 한 번 더 하고, 거울도 한 번 더 보고, 건강에 더욱 신경 쓰게 된다. 노년에 맞는 새로운 연애가 몸과 마음에 긍정적인 영향을 주어 삶의 만족도를 높인다는 것은 확실하다. 썸 탈 기회가 생기면 썸 타시고, 사랑할 기회가 생기면 사랑하시길.

배우다 보니
새 인생

가슴 뛰게 하는 것들

나이는 잊어주세요

80세가 넘은 외국 할아버지와 할머니 커플이 탱고 세계 챔피언십에 출전해서 젊은이들 못지않은 열정적인 춤을 보여 줘 화제가 되었다. 화제의 노인 커플은 아르헨티나의 오스카 브루스코 할아버지와 니나 푸도바 할머니. 우승을 하지는 못했지만 경쟁자들조차도 이 커플이 가장 전통적인 탱고를 췄다고 인정했을 정도이다.

푸도바 할머니는 남편과 사별한 후 50대부터 본격적으로 탱고를 배우기 시작했고, 탱고를 통해 부루코스 할아버지를 만났다. 그 역시 아내와 사별하고 홀몸이었다. 그들은 일주일에 네 번씩 탱고 클럽에 가서 탱고를 춘다. 브루스코 할아버지는 챔피언십 출전을 위한 사전준비를 클럽에서 했다며 시합에 자신감을 보였다.

여성인권영화제에서 상영되어 잔잔한 화제를 모은 노르웨이 다큐멘터리 영화 〈할머니배구단〉. 선수들의 등 번호는 바로 자기 나이이다. 이 영화는 할머니배구단이 인터넷으로 경쟁 상대를 검색해 스웨덴의 할아버지배구단과 '맞짱'을 뜨는 내용이다. 영화를 보면 98번을 단 최고령 할머니 선수의 활약이 눈부시다. 배구단 창단 10주년을 맞아 찍은 기념사진에는 할머니배구단 선수의 상당수가 바뀌었다. 그리고 신인들이 등장해 빈자리를 채운다.

미국의 국민 화가 모지스(1860~1961) 할머니는 76세에 처음 그림을 그리기 시작해서 5년 만에 개인전을 열고, 100세에 널리 이름을 알리게 되었다. 101세의 나이로 세상을 뜰 때까지 1,500점이 넘는 그림을 그렸고 '그랜마 모지스Grandma Moses'라는 별명이 생길 정도로 유명 인사가 되었다. 92세에는 그림을 곁들인 그의 회고록을 냈는데 우리나라에서도 《인생에서 너무 늦은 때는 없습니다》라는 제목으로 출간되었다.

행복한 떨림

50세에서 80세에 이르는 국내 시니어 모델들이 세계 무대에 데뷔했다. 시니어 모델 양성 기관인 뉴시니어라이프가 기획한 '시니어 패션쇼'가 샌프란시스코에서 열리는 세계 노년학·노인의학회 대회에 정식 초청을 받은 것이다. 무대에 오른 시니어 모델 33명 중 3명이 70세 이상이다.

지난 10년간 50세 이상의 중장년층에게 모델 교육을 시켜 패션쇼 무대에 데뷔시키는 사업을 계속해 온 구하주 회장은 어둡고 침울해지기 쉬운 고령층의 삶을 밝고 건강하게 변화시킬 목적으로 이 사업을 시작했다. 현재까지 1,800명에게 패션모델 교육을 했고, 146회에 걸쳐 시니어 패션쇼를 개최했다.

처음에는 노년층의 고급스러운 취미 활동 정도로 여겨졌지만 이들의 수준 높은 무대가 알려지면서 최근에는 다양한 행사에 초청받고 있다. 현역 시니어 모델 중에는 90대의 노인도 있다. 이들이 얼마나 당당하고 아름다운지 패션쇼를 한번이라도 본 사람들은 깜짝 놀란다. 바른 자세와 바른 걸음걸이, 무대가 주는 성취감이 그 어떤 보약보다 노년의 건강에 좋다.

60대 후반의 시니어모델 김정희 님은 이렇게 말한다.

"패션쇼가 있는 날을 위해 평소에도 건강 관리와 연습을 꾸준히 합니다. 무대에 오를 때마다 늘 떨리지만 참 행복한 떨림이지요."

꿈을 향한 열정

'플라이 대디Fly Daddy'는 남성 실버합창단이다. 플라이 대디는 '노년에 훨훨 날아 흥겹게 노래를 부르고 춤도 춘다'는 의미를 지니고 있다. 25명인 합창단원들의 평균 연령대는 70대를 훌쩍 넘었지만 합창에 대한 열정만큼은 20대 부럽지 않다.

은퇴 후 어렸을 적 꿈을 이루기 위해 70대가 되어서야 합창단 활동을 하는 총무 김호영 님은 2013년에 합창단에 가입했다.

"세상을 살면서 사람들과 호흡을 맞추는 것이 참 어려워요. 하지만 합창은 개성 넘치는 사람들이 서로 하나가 된다는 점에서 굉장히 매력적이죠."

80대인 민철기 단장은 합창을 위해 사는 것 같다고 말한다. 합창단이 없었다면 인생의 즐거움 40퍼센트는 사라졌을 것이고, 좋은 사람들과 함께 노래를 부른다는 것은 그 자체로 의미를 지닌다고 말한다. 그가 도전을 주저하는 노인들에게 해 주고 싶은 말은 간단했다.

"적극 동참하라!"

김호영 총무 역시 노인이라고 도전을 주저할 필요가 없다고 말했다. 삶을 소극적으로 살면 우울해지고 실제로 건강도 나빠진다. 합창단 활동과 같은 문화생활은 노인의 삶의 질을 높이는 데 도움이 된다고 말한다.

오청 시인은 어릴 적부터 문학을 좋아했다. 그리고 2009년 70세의 나이에 드디어 시인의 꿈을 이뤘다. 그는 등단한 후 현재까지 500편이 넘는 시를 창작했다.

"중학교 때부터 글이 좋았던 것 같아요. 김소월, 박목월의 작품을 보며 꿈을 키웠죠. 하지만 대학교 때부터는 먹고사는 일이 급급해 문학을 접어 둘 수밖에 없었어요."

은퇴 후 오청 시인에게 시는 단순히 젊은 날의 꿈이 아니었다. 그는 2006년부터 본격적으로 시인이 되기 위해 노력했다. 부끄럽기도 했지만 지역 복지관에서 다시 시를 배웠다. 그런 그에게 등단은 꿈만 같은 일이었다.

"언젠가 꼭 등단하리라고 다짐했지만 쉽지는 않았습니다. 늙은 나이에 시인에 도전하는 것이 왠지 창피하기도 했죠. 등단을 했을 때 늦게나마 꿈을 이뤘다는 생각에 정말 기뻤습니다."

그는 항상 노력하지만 젊은 시인보다 좋은 시를 쓰지 못할까 봐 걱정이 많다.

"시는 늙지 않지만 시인인 저는 늙어가고 있어요. 젊은 시인들과 차이가 안 날 수가 없습니다. 누구보다 더 노력해야 하는 이유이죠."

오청 시인은 세대 격차를 극복하기 위해 젊은 세대와 소통하는 데 노력한다. 직업전문학교에서 6개월 동안 인터넷과 컴퓨터 사용법을 배우기도 한 그는 요즘 세대와 어쩔 수 없는 차이는 있겠지만 그들과 소통하기 위해 배울 수 있는 것이라면 무엇이든 노력하고 있다고 한다.

꿈은 늘 그들의 가슴을 뛰게 하고, 꿈을 좇는 이들은 그 꿈 때문에 행복하다고 한다.

노는 것도 준비해서

한 잡지에서 국제구호전문가이자 여행가인 한비야 님의 글을 보았다. 그녀가 피스앤그린 보트 여행을 하고 나서 쓴 글이었다. '평화와 환경'이라는 주제로 한일 간의 교류가 목적인 이 여행에 한국인 550명, 일본인 550명이 참가했다. 7박 8일 중 3일은 블라디보스토크와 일본을 관광하는 일정이었다. 아침 9시부터 밤 10시 30분까지 다양한 주제로 크고 작은 선상 강의와 토론이 진행되었다.

한국 참가자들은 초·중·고·대학생 등 젊은이가 주를 이루었지만, 일본 참가자들은 60대 이상이 대부분이었다. 그런데 여행에 참가한 일본 노인들의 모습이 참 인상적이었다.

일본 노인들은 모든 프로그램에 적극 참여하며 아주 재밌게 논다. 아침에는 요가, 몸풀이 댄스, 선상 산책 등을 하고, 식사 후에는 강의 시간표를 꼼꼼히 살펴서 열심히 듣고, 늦은 오후에는 조용히 책을 읽거나 마작을 하며 보낸다. 그런데 저녁 식사 후에는 돌변해서 댄스파티나 노래 교실에 적극적으로 참가해 신나게 춤추고 노래 부른다.

한비야 님은 이런 모습을 보고 놀라서 '이들이 부끄러움을 탄다는 일본인 맞아? 잘 노는 무슨 비법이라도 있나?'라는 생각이 들었다. 그러다가 친해지게 된 70대의 요코 할머니에게서 일본 노인들 사이에서는 크루즈 여행이 인기가 있는데, 특히 피스앤그린 보트는 여행과 공부와 사교가 잘 어우러져 있기로 정평이 나 있다는 이야기를 들었다.

"나도 이 배를 타기 위해 몇 년간 돈을 모으고 문화교실에 다니면서 노래와 춤을 열심히 배웠답니다. 준비하는 그 시간 내내 늘 가슴 설레고 즐거웠어요."

"나이 들어서 돈만 있다고 절대 즐거울 수 없어요. 나처럼 평생 일해 온 사람들은 은퇴 후 잔소리를 하며 텔레비전 앞에만 있기 십상이죠. 남에게 폐를 끼치지 않고 재미있게 살려면 늘 책을 읽고 뭔가를 배우는 수밖에 없죠. 안 그래요?"라면서 탱고 포즈를 취하면서 환하게 웃는다. 그 모습에 한비야 님은 자신도 모르게 "혼또니 에라이데스요(너무 멋지세요)."라는 말이 나왔다고 한다.

노인이 가져야 하는 바람직한 삶의 방향은 '자기몰두'라고 한다. 이기적인 것과는 다른 자기몰두형 인간. 자기 세계가 있는 것, 자기가 추구하는 세계가 있는 것, 그게 공부든 낚시든 사회운동이든 예술이든 자기가 추구하고 몰두하는 세계가 있는 사람들은 일단 외롭지 않고 남을 괴롭히지 않는다고 한다. 남을 괴롭히지 않는다니. 그것만 해도 훌륭하다! 이 사회에 충분히 공헌하고 있는 거다.

가슴이 시키는 대로

아직 노년이라고 하기에는 상대적으로 젊은, 50대인 내 동생 이 야기이다.

평범한 주부였던 내 동생은 40대 후반에 우연히 서울드럼페스티 벌에서 북 치는 공연을 처음 보고는 왠지 모르게 가슴이 뛰는 경험 을 했다. 배우고 싶다는 생각을 했지만 그런 건 젊은 애들이나 하 는 거라고 생각만 하다가 잊고 있었다. 그러다가 또 우연히 TV에 서 아줌마들이 난타 공연하는 걸 보고 나서는 나도 할 수 있을 것 같다고 생각했다.

마침 동생이 살고 있는 지역 청소년 수련관에 난타 프로그램이 생긴 것을 보고 즉시 달려가서 신청했다. 처음에는 등록한 사람이 세 명이었다가 두 달이 지난 후 한 명이 더 들어왔다. 그렇게 조금 씩 늘어서 1년이 되니 20여 명이 되어 공연단이 꾸려졌다. 아마추 어들이라 서툰 수준이었지만 그래도 동네에서는 통했다. 수련관 행 사나 지역 행사가 있을 때 공연 의뢰가 들어오기 시작했다. 주로 오 프닝 공연이었다.

2년 정도 지나자 누군가를 가르치고 싶다는 생각이 들었다.

동생은 한 대학의 평생교육원에 해당 프로그램이 있다는 것을 찾아냈고, 12주 과정을 마친 후 민간자격증을 취득했다. 그리고 나서 강사 선생님한테 자신도 자격증이 생겼으니 기회가 되면 가르칠 수 있게 해 달라고 부탁했다. 선생님이 일이 있어서 수업을 할 수 없게 됐을 때 동생이 간간히 수업을 대신하게 되었다.

동생의 공연을 보러 간 적이 있는데 화려한 의상과 무대 화장을 하고는 무대 한가운데서 힘차게 북을 두드리는 모습이 너무 멋있었다. 공연팀의 주장인 동생은 다른 출연자들과 구별이 되게 더 멋지고 위풍당당한 옷을 입고 있었다. 평소에는 상상할 수 없는 완전히 다른 모습. 카리스마 짱이었다.

동생이 활동을 시작한 지 3년 정도 됐을 때 인근 고등학교에서 '학교 밖 청소년 프로그램' 운영의 일환으로 난타 수업 요청이 들어왔다. 정식으로 고등학생들에게 10회짜리 강의를 하게 되었다. 드디어 선생님이 된 것이다. 그 후 주변의 초·중·고등학교에서 난타 수업 요청이 꾸준히 들어와서 요즘도 열심히 두드리고 다닌다.

여기서 끝이 아니다. 난타를 좀 더 잘하고 싶어서 리듬감을 익히는 데 도움이 될 거라는 생각에 '라인댄스'와 '레크댄스'도 배웠다. 그때 라인댄스 강사가 60대 중반의 은퇴한 교사였다. 그를 보고 자기도 60세가 넘어도 노인들을 가르칠 수 있겠다는 생각이 들었다.

나이 들어서, 즉 나이 제한에 걸려서 학생을 대상으로 가르칠 수 없게 되면 그때는 성인이나 노인을 대상으로 하는 기관에 이력서를 내려고 마음먹었다.

동생은 계속 배운다. 노인실버체육지도사 자격증도 땄고, 노인복지관에서 2년 정도 스트레칭을 지도하는 봉사도 하고 있다. 노인들을 가르칠 때 난타만 하면 힘들어 할테니 난타와 라인댄스, 레크리에이션, 게임을 함께 가르치려고 준비 중이다.

가슴 뛰게 하는 그 무엇이 있다면 행복할 것이다. 동생은 배우는 기쁨, 나날이 기량이 좋아지는 기쁨, 앞날을 준비하는 기쁨에 행복해 한다.

그녀의 노년은 아주 많이 늦춰질 것이다.

노년에는 취미 생활이든 배움이든 일이든 사람이든 자신의 가슴을 두근거리게 하는 그 무엇이 하나쯤은 있어야 한다. 그것이 살아가는 힘이다.

호기심과 배움,
늙지 않는 비결

배울수록 즐거워

　80대 박경희 할머니는 이화여대를 다니다가 결혼한 학생은 학교를 다닐 수 없다는 학교의 규정 때문에 결혼과 동시에 학교를 그만두었다. 주부로 살다가 뒤늦게 컴퓨터를 배우고, 운 좋게 컴퓨터 강사가 되어 육아와 살림과 공부와 강의를 병행하고 있었다. 2003년 이화여대에 '금혼학칙의 위헌 결정에 따른 폐지'가 결정되자마자 모교의 문을 다시 두드렸다.

　입학한 지 근 50년 만에 대학 졸업장을 받아든 이후에도 중독재

활복지학과와 악기를 다루는 수업을 찾아다니는 등 줄곧 배움의 끈을 놓지 않았다. 그녀는 죽기 전까지 악기 10개를 다뤄 보는 게 꿈이라고 했다.

"모르는 게 제일 어둡잖아요. 배우면 배울수록 아주 즐거워. 세상이 더 잘 보이고…… 그래서 나는 자꾸만 뭘 배워요."

80대의 나이에 대입 시험을 준비하고 있는 일성여고 3학년 장일성 님은 6·25 전쟁으로 초등학교도 마치지 못한 게 평생의 한이 되었다. 8년 전에 다시 공부를 시작해서 2017년도 대학수학능력시험을 치뤘다.

그는 대학에서 식품영양학을 전공하고 싶어 한다. 수시 전형도 두세 군데 넣어서 결과를 기다리고 있다. 여든 넘어 공부하는 데 제일 힘든 게 뭐냐고 물으니 무조건 다 재미있다고 한다.

"학교 가는 것 자체도 재미있고, 배운다는 사실이 너무 행복하고 좋습니다."

그래도 어려운 문제가 나오면 힘들지 않느냐고 물어보니, 어려운 문제는 어렵다고 생각하면 머리가 터지니 즐기면서 해야 된다고 말한다.

요즘 손주뻘 되는 아이들이 너무너무 공부하기 싫어하면서 억지로 하는 모습을 보면 무슨 생각이 드느냐는 질문에는 "나는 그 나이 때 친구들이 학교 갔다 오는 것만 봐도 부러워서 울었거든요. 공부 하기 싫어하는 애들을 보면 언젠가는 후회하게 될 것이다, 이런 생각을 하죠."

장일성 님은 대학에 가면 노래 동아리에서 활동하고 싶어 한다. 연극도 하고 싶지만 대사를 외어야 해서 힘들 것 같다는 게 이유이다.

가평에 살고 있는 한 지인의 남편은 대학을 나오지 않았다. 젊을 때 여러 일을 전전하면서 재산을 좀 모아 놓은 그는 오랫동안 테니스를 열심히 쳐서 가평테니스협회장까지 지냈다. 팔꿈치 쪽에 무리가 와서 운동을 못하게 되자 공부와 탁구로 길을 바꿨다.

틈틈이 공부하여 강원대를 졸업하고 60대 초반인 지금 대학원에 다니고 있는 그는 편의점을 운영하면서 생활비를 버는 가운데 '문화해설사' 자격증을 따서 가평의 문화를 소개하는 일도 하고 있다. 그뿐 아니다. 색소폰을 배워 동호회 활동도 하고, 이런저런 행사에서 연주까지 하고 있다. 최근 머리까지 기른 그는 그야말로 멋지게 살고 있다.

배우는 노인이 국가경쟁력

'샐러던트saladent'라는 말이 있다. 'salaried man(샐러리맨)'과 'student(스튜던트)'의 합성어이다. 'human(휴먼)'과 'student(스튜던트)'의 합성어인 '휴먼던트humandent'라는 말도 있다. 둘 다 계속 공부하며 살아가는 존재라는 뜻이지만, 샐러던트는 직장에서의 자신의 업무 능력을 향상시키기 위해서 또는 평생직장 개념이 사라진 데 대한 불안감 때문에 다른 일을 준비하기 위해 공부한다는 느낌이 강한데 비해, 휴먼던트는 평생 공부하는 사람, 즉 '호모 아카데미쿠스'의 의미가 강하다. 인간의 오래된 욕망 중 하나는 호기심의 충족, 즉 '배움'이다.

국민의 학습량이 많으면 국민 소득도 늘어난다. 평생 학습 참가율이 1퍼센트 높아지면 국민소득이 332달러 증가한다고 한다. 노르웨이, 덴마크, 핀란드, 스웨덴 국민의 평생 학습 참여율은 50퍼센트를 넘는데 이 때문에 높은 복지 비용 부담에도 불구하고 기업과 국가의 경쟁력이 강하다고 분석한다.

우리나라 대학 진학률은 80퍼센트를 넘어 세계 최고 수준이지만 학교 교육을 마친 후 학습과 훈련을 통한 능력 개발은 선진국에 비해 훨씬 뒤떨어진다.

북유럽 국가는 대부분 학습 복지를 국가 발전을 위한 핵심 전략으로 삼고 있다고 한다. 유럽의 여러 국가들은 과거 복지 국가의 전통 때문에 복지 수준이 높고 조세 부담률도 높다. 세계화 이후 이런 국가들은 경쟁력이 약화되고, 기업은 해외로 옮겨 가면서 실업률이 증가했다. 그러나 핀란드, 스웨덴 등 북유럽 국가들은 복지 수준도 높지만 국가경쟁력도 높다. 비결은 바로 학습 복지에 있다.

배움의 장이 만남의 장

무언가를 배우려고 할 때 온라인으로 배우는 것도 좋지만 학교, 즉 강좌가 있는 현장에 나가서 배우기를 권한다. 오프라인 현장에서는 사람들을 만날 수도 있고 생각지도 않은 일들이 펼쳐지기도 한다. 배움의 장은 뜻을 같이하는 사람들이 모여 네트워크를 구축하는 장소이며, 새로운 인맥을 만드는 보고라고 할 수 있다.

복지전문학교에서 만난 사람이 의기투합해서 그룹 간호 시설을 만들어 일일 서비스를 시작했다든지, 판사 정년 후에 다녔던 요리전문학교에서 만난 동기들과 선술집을 개업했다든지, 60대 중반에 본격적으로 컴퓨터를 배우러 갔다가 거기서 만난 사무원과 창업했다든지 하는 사례가 비일비재하다.

배움, 늙지 않는 비결

평생 동안 배움을 멈추지 않은 사람은 수명도 길고 건강도 양호하다는 연구 결과는 많다.

나이가 들어도 그 기능이 젊었을 때와 크게 다르지 않는 신체 기관은 뇌밖에 없다. 뇌세포는 나이가 먹더라도 분열되기 때문이다. 꾸준히 운동을 하고 두뇌를 계속 사용한다면 뇌세포는 계속 늘어날 수 있다. 반대로 뇌를 사용하지 않는다면 뇌세포가 늘어나지 않을뿐더러 오히려 뇌 전체의 효율성을 올리기 위해서 뇌세포의 수를 감소시킨다고 한다.

공부란 뇌가 이미 가지고 있는 자료에 새로운 정보를 서로 연결하는 행위이다. 지적 호기심을 충족시키는 우아하고 고상한 활동이기도 하다. 뭔가 새로운 일을 할 수 있는 능력을 갖추게 되는 것은 물론이다. 게다가 공부를 하면 우리 몸은 일종의 신경 물질을 뇌에서 내보내서 쾌감을 느낄 수 있게 된다.

이처럼 무언가를 배운다는 것은 몸과 마음의 건강을 유지시키고 삶의 행복도를 높여 준다. 이는 평생 공부를 해야 하는 이유이다.

앞에서 소개했던 태권도 언니는 현재 다섯 가지를 배우고 있다. 오전에 일을 하고 돌아와서 배우는 거니까 마냥 소비적인 일만 하는 것도 아니다.

실버태권도와 실버건강체조, 공원에서 하는 생활체조는 무료로, 민요는 한 달에 1만 원을 내고 배우고 있다. 백화점 문화교실에서도 노래를 배우는데 유일하게 큰돈 들이면서 다니는 프로그램이다. 모두 다 활동적이고 몸과 마음에 활력을 주는 프로그램이다.

대부분 프로그램들이 발표회나 시합을 준비하고 있어서 이 언니는 정말 눈코 뜰 새 없이 바쁘다. 얼마 전에는 한복을 곱게 차려입고 무대에 서서 열창하는 사진을 나에게 자랑스럽게 보여 주었다. 언니는 태권도 파란띠를 따는 승급 시험 3일 후에 건강 체조 대회에 나갔다. 다음 달에는 실버태권도 대회에도 나가야 된다. 이것저것 사리분별도 잘하고 필요하면 한 말씀도 하면서 교통정리도 잘하고, 궂은일도 마다 않고 시원시원하게 총무 역할까지 하고 있다. 어찌나 신나게 사는지 도무지 늙을 겨를이 없다.

사실 이 언니와 함께 여러 프로그램을 동시에 하고 대회에도 자주 나가는 언니들이 한둘이 아니다.

60대 후반인 한 지인도 잠시도 가만히 있지 않는 에너자이저이다. 원래는 부산에서 병원을 운영하다가 다른 사람에게 맡기고 본인은 김해에서 유치원 원장을 하고 있다. 부산에 살면서 대전에 있는 대학교까지 다니면서 박사 과정을 공부하고 있다.

이미 간호 분야와 유아교육 분야에서 강의도 하고 이런저런 협회장일도 했으며 대학교 겸임 교수도 맡고 있다. 그녀는 아침에 나가서 저녁에 집에 돌아올 때까지 쉬지 않고 열정적으로 활동한다. 그녀는 하고 싶은 일을 하고, 하고 싶은 공부를 하기 위해서 건강 관리에도 열성적이다. 매일 새벽 4~5시에 일어나서 운동하고 달리기를 한다.

변화에는 두 가지가 있다. '진화'와 '퇴화'이다. 어떤 변화를 택할 것인가?

진화를 택했다면 답은 공부이다. 우리는 죽을 때까지 배우고 누구에게나 배우고 어디서나 배워야 한다. 꿈이 있는 사람의 특성은 끝없이 배우고 도전하는 것이다. 무엇이든 좋다. 아직도 관심 있는 게 있다면 아니 새롭게 관심 가는 게 있다면 그 분야의 재능이 잠시 잠자고 있다고 생각하고 다시 깨우길. 그 길이 행복으로 가는 길이다.

지금! 바로! 시작하기

노점상에서 한자 선생님으로

남편을 일찍 잃고 가정을 책임져야 했던 이종희 님은 밥벌이를 위해 50대부터 초등학교 앞에서 번데기 장사를 시작했다. 학교 앞 구멍가게 상인들과 단속반에게 수시로 시달리고 도망 다니면서 눈물로 장사를 이어갔다. 그런 그에게 한 가지 위로가 되는 것이 있었는데 그것은 바로 번데기를 싸주는 신문과 잡지의 글이었다.

"아이들이 우르르 나왔다가 수업 들어가면 할 게 없거든. 어느 날 번데기 담는 종이의 글들이 보이더라고. 그때까지만 해도 제대로 글을 읽어 본 적이 없었는데 한 줄 한 줄이 나한테 이야기를 건네주는 것같이 재미가 있었어요. 리어카를 세워 놓고 아이들이 나올 때까지 읽고 또 읽었지요."

새로운 글을 읽고 싶은 생각에 아이들이 신문이나 잡지를 가지고 오면 번데기를 듬뿍 담아 주면서 읽을거리를 확보했다. 초등학교 졸업장이 전부였던 그녀에게 군데군데 한자가 섞여 있던 당시 신문과 잡지의 글들은 아쉬움을 넘어 답답함으로 다가왔다.

"두어 줄 읽으면 한자가 막 나오니 무슨 내용인지 알 수가 없었어요. 보수동 헌책방에 가서 옥편을 하나 샀지요. 번데기를 담아 주기 전에 한자를 종이에 적어뒀다가 집에 와서 옥편을 찾아봤어요."

그렇게 조금씩 한자를 공부한 지 20여 년. 그러던 어느 날 학교 앞에 뿌려져 있던 한자자격증 시험 홍보 전단이 눈에 띄었다. 할머니는 번데기 장사를 그만두고 본격적으로 자격증 취득을 준비했다. 4급과 3급 자격증은 단숨에 땄으나 2급부터는 쉽지 않았다.

"건망증이 있어서 열쇠도 자주 잃어버리는데 좋아서 하는 공부라 그런지 한자는 한 번 외우면 잘 안 잊어버리더라고요. 종이가 아까워서 달력이고 신문지고 간에 집 안에 있는 종이란 종이에는 한자를 썼습니다."

할머니는 네 번의 도전 끝에 드디어 한자 1급 자격증을 손에 쥐었다. 그녀는 구청의 노인일자리 사업에 지원했는데 그녀의 자격증을 눈여겨본 담당자는 어린이집 한자 선생님 자리를 소개시켜 주었다. 그 결과가 그녀는 아이들에게 한자를 가르치는 선생님으로 활동하게 되었다.

"선생님은 무슨 선생님이에요. 할머니~ 할머니~ 하면서 손주 같은 아이들이 눈을 말똥말똥 뜨고 바라보면 너무 기분이 좋아요. 아이들 알려주려고 또 다시 공부를 해야 해요."

그 후 그녀는 중고 컴퓨터 가게에서 헌 키보드를 하나 샀다. 손주들에게 이메일을 보내고 싶다는 생각에 동사무소에서 하는 컴퓨터 수업을 듣기 위해서였다. 또 영어 공부도 시작했다. 컴퓨터를 배우다 만난 영어 단어들이 번데기를 팔던 그 시절 한자처럼 답답했기 때문이다.

세상의 이야기를 듣고 싶어 번데기 종이에 쓰인 글을 끊임없이 읽었던 호기심 많은 70대 할머니는 공부를 하면서 웃는 법을 배웠다고 말한다.

"처음에는 배움이 친구였고 남편이었고 외로움을 이기는 방법이었어요. 그러면서 재미를 알게 됐고 재미가 있으니 힘들지 않았어요. 이제는 무언가를 배운다는 게 그저 즐거워요."

노년에 맞이할 30년은 초등학교부터 대학교까지의 교육 과정을 두 번이나 마칠 수 있는 기간이라고 한다. 열심히 배우고 열심히 움직이는 노인을 보더라도 그냥 능동적이고 젊게 사는 게 좋다는 수준에서 이해하던 나에게 꽤 충격적인 사실이었다. 이제 새로 무언가를 배워도 전문가가 될 수 있는 기회가 아직 두 번이나 남았구나!

나는 지금이 마지막 청춘이다

어느 날 오전, 모처럼 한가해져서 차를 마시면서 TV를 틀었더니 김미경 님이 '두 번째 청춘'이라는 제목으로 강의를 하고 있었다. 이미 절반 정도 지나가 버렸지만 그녀의 열정적이면서도 익살스러운 언행이 재미있어서 계속 보게 되었다.

강의의 주제는 '청춘을 리필시키는 방법'이었다. 그의 주문은 한마디로, 하고 싶은 게 있으면 주저하지 말고 저지르고 보라는 것이었다. 시작했다가 그만두었다가 다시 또 하더라도 아예 시작도 안 하는 것보다 훨씬 낫다고 하면서 '들락날락하는 게 중요하다'면서 웃음을 준다.

그렇다고 특별한 일을 하라는 것도 아니다. 그냥 하던 일 또는 배우던 거 열심히 매일 하다 보면 인생에 활력을 찾게 되고, 자신도 예상하지 못한 결과를 가져온다고 한다.

그녀는 다음의 이야기도 들려줬다.

그녀의 지인은 우연히 취미로 미싱을 배워 자신의 옷을 만들어 입으면서 자신감이 생겼다. 지금은 디자이너 명함을 만들어 주변 사람들에게 돌리고 있다고 한다. 아직은 가까운 친지들 몇몇이 주문을 해 오는 정도이지만 그녀의 꿈은 이제 유명 디자이너가 되는 것이다.

또 다른 사례로 영어 학원을 등록한 60대 친구 두 명의 이야기이다. 그녀들은 가이드의 깃발을 따라다니는 패키지 여행을 좀 해 보더니 '이건 아니다'라는 생각이 들었다.

그들의 목표는 스스로 계획을 짜고 예약을 해서 가고 싶은 곳을 마음대로 가는 배낭여행이어서 영어 공부가 필수였다. 주변에서는 얼마나 여행을 다니려고 그러느냐고 말리는 사람이 대다수였다. 그러나 그들은 지금 7년째 배낭여행을 하면서 그 영어를 써 먹고 있다고 한다.

나이를 먹고 일을 그만두면 스스로 무능하다고 느끼기도 한다. 그러면 은근히 열 받는다. 열 받는다는 것은 다행히 아직 열정이 있다는 증거이다. 무언가를 배우면서 조금씩 전과 다르게 무언가를 할 수 있게 되고, 그렇게 되면 스스로 유능해지고 있다는 것을 느낀다. 그러면 인생이 즐거워지는 건 당연하다.

나이 든 사람들, 전에 '○○하고 싶었다?'라고 말만 하지 마라. 글 쓰고 싶었다? 쓰면 된다. 여행하고 싶었다? 하면 된다. 공부하고 싶었다? 하면 된다.

하고 싶은 것이 있을 때 미루지도 말고 아프다는 핑계도 대지 말라고 한다. '아픈 몸 데리고 다니는 것도 실력'이라며.

무엇보다 중요한 것은 '절대 밀리지 말자'라는 마음가짐. 남들이 밀어도 밀리지 말라. 주변의 만류, 부정적 반응에 저항하라. 내가 나를 밀어 주자! 내가 나에게 청춘을 선물하자! 지금이 바로 청춘이다! 즐거우면 무조건 하라는 게 김미경 강사의 유쾌한 권유이다.

'나는 지금이 마지막 청춘이다.'라는 걸 명심하자.

일단 시작하라

은퇴한 친구가 문학 강좌에 다니면서 글쓰기를 하더니 수필가로 등단을 했다. 그러고도 계속 글쓰기 모임에 나간 지 여러 해가 되었다. 책을 읽고 글을 쓰고 그 글을 돌려 읽으며 이야기를 주고받는 시간이 너무 좋아서 가장 기다려지는 모임이라고 한다. 아무래도 성향들이 비슷해서일까? 그들과 함께 여행하거나 회식을 하는 것도 매우 즐겁다고 했다.

전부터 글 쓰는 데 관심이 있었지만 이런저런 핑계로 시작을 못하고 있던 또 다른 친구에게 친구의 등단 소식은 좋은 자극제가 되었다. 부산에 살고 있던 친구는 그 소식을 듣자마자 집 근처에 있는 대학교 사회교육원 수필쓰기 반에 등록했다. 매주 작품을 쓰고 서로 논평을 해 주는 시간을 갖다 보니 자연스레 수필 전문지에 원고를 보내게 되었고, 그 원고가 채택이 되면서 그 친구도 등단을 했다.

이어서 신인수필가상을 타더니 부산의 문예진흥원 지원금을 받아 수필집을 출판했다. 이 모든 과정은 수필쓰기 반에 등록한 지 2년 만에 일어난 일이다.

나 또한 무슨 일을 벌이다 보면 종종 힘들어서 '괜히 시작했나?'

라는 생각을 하곤 한다. 그럴 때마다 '일단 시작하면 일은 언젠가 끝나게 되리니'라는 괴테의 말이 나에게 용기를 준다.

괴테는 이런 말도 했다. '시작하라, 그 자체가 천재성이고 힘이며 마력이다.' 장 폴 사르트르는 '인생은 B(Birth)와 D(Death) 사이의 C(Choice)이다.'라고 말한다. 당신의 현재 모습은 당신이 무엇을 선택했느냐에 따른 결과라는 의미이다.

우리는 매 순간 선택할 기회가 생긴다. 그리고 그 선택은 스스로의 몫이고, 선택해야 시작된다.

김미경 강사도 이렇게 외친다.

"확, 저질러라. 시작하라. 청춘이 시작된다!"

5장

올드가 아닌
우리는 골드 세대

품위 있게 나이 들기

연장자의 품격

70대 초반의 김동광 님은 탁구광이다. 젊었을 때부터 탁구를 쳤기 때문에 라켓의 한 면만 사용하는 방식으로 탁구를 쳐 왔다. 그러나 최근의 흐름은 양면을 다 활용하는 방식으로 바뀌는 추세이다. 일단 양면을 활용하는 방식에 익숙해지면 더 효과적으로 칠 수 있지만 평생 사용해 온 방식을 바꾸기란 쉬운 일이 아니다.

대부분 또래인 탁구 동료들은 어차피 즐기려고 하는데 뭐 하러 어려운 걸 새로 배우냐며 예전 방식으로 친다. 하지만 그는 새로운 방식에 도전했다. 처음에는 당연히 서툴러서 탁구 게임에서 점수를 올릴 수 없었지만 1년 정도 열심히 연습하더니 이젠 예전처럼 자유자재로 탁구 라켓을 휘두를 수 있게 되었다.

포도 농사를 하는 평범한 시골 농부인 그는 탁구를 칠 때 늘 상대방을 배려하는 점잖은 언행으로 인기가 좋다. 모두가 그의 파트너가 되어 같이 치고 싶어 한다. 그 연배의 노인들 대부분이 고집스럽고 걸핏하면 언성을 높이며 억지를 부리고 심지어 담배까지 피우기 때문에 젊은 사람들이 기피하는데 김동광 님의 이런 모습 때문에 50~60대의 '젊은이'들이 그를 존경하는 마음으로 대한다.(농촌에서 50~60대는 젊은 축에 속한다. 우리나라 농촌에서야말로 UN이 정해준 기준대로 살아가는 것 같다.)

같은 마을에 60대 후반의 멋쟁이 언니가 살고 있다. 농구 선수 출신인 그녀는 남다른 운동 신경을 가지고 있어서 주변의 모든 사람들에게 운동 코치 노릇을 톡톡히 한다. 마을 사람들이 어디 아프다고 하면 그 부위에는 어떤 운동이 좋은지 조언해 주고, 마을회관 수영장에서 서너 시간씩 머물면서 동네 사람들을 친절히 가르쳐 주고 있다. 물론 무보수로.

흰머리에 멋내기 염색을 보라색을 한 그녀는 늘 활달하고 푸근한 마음씨를 지녔는데 알고 보니 인공 심장박동기를 달고 있다. 10년마다 인공 심장박동기 교체 수술을 해야 하는 그녀는 자신의 건강을 위해 하는 운동이지만 다른 사람을 돕는 넉넉한 마음을 지녔다.

연장자가 지켜야 할 수칙

누가 만들었는지는 모르지만 품격 있게 나이 들기 위해 연장자가 지켜야 할 수칙을 일곱 가지로 정리한 '세븐 업[7-UP]'이 있다.

✚ 샷 업 앤 페이 업[Shut UP & Pay UP]

세븐 업 중 가장 중요한 것은 '입은 닫고 지갑은 열어야 한다[Shut Up & Pay Up]'라고 한다. 이 말에 수긍하면서도 한편으로는 억울한 마음도 든다. 말은 하지도 말라면서 돈은 내라니. 하지만 젊은 사람들하고 어울리고 싶다면 그래야 한다.

나보다 나이가 많은 사람과 함께 있으면 식사 메뉴부터 식당이나 찻집 선정까지 끊임없이 신경 써야 하고 별 흥미 없는 이야기를 들어줘야 해서 피곤하다는 건 모두들 아실 터. 이건 당사자의 인품과 상관없이 그냥 연장자의 존재 자체가 불편한 경우가 대부분이다.

아무래도 경험이 많으니 젊은 사람들을 보면 자꾸 충고하게 되는데 이게 곧 연장자를 피하고 싶게 만드는 이유이다. 그러니 젊은 사람이랑 함께 자리할 기회가 있으면 자기 이야기는 줄이고 젊은이의 감각과 사고방식을 열심히 배우고 익히려 애써야 할 것이다.

그리고 아무래도 젊은이들보다는 주머니 사정이 좀 나을 터이니 회비 한 번 더 내고 밥 한 번 더 사는 자세도 필요하다. 그렇지 않을 거면 젊은이들 모임에 나가지 않는 게 좋다. 모두 다 싫어하는 데 본인만 모르는 불상사를 만들지 말자.

✚ 쇼 업 Show Up

베푸는 것과 함께 내가 또 중요하게 생각하는 항목은 '부지런히 참석하는 것 Show Up'이다. 이는 각종 인간관계를 유지하는 기본이다. 기회가 되는 대로 새로운 사람도 만나고 새로운 단체에도 들어가면 더 좋다. 또래 모임은 물론이고 젊은이들과의 모임도 기회가 되면 나가는 게 좋다.

나는 후배들이 "같이 산에 가자.", "영화를 보자.", "여행을 가자.", "뭐 먹으러 가자."고 부르면 무조건 간다는 원칙을 세워 놓았다. 물론 갔다가 언제나 흐뭇한 마음으로 돌아오는 건 아니다. 하지만 "아프네.", "바쁘네." 하면서 빼면 안 된다. 그러면 두 번 다시 부르지 않으리니.(그래도 시간이 흐르면 모임은 줄어들게 되어 있다.)

젊은이들이 나와 함께 있어 주고 놀아 주는 그 자체를 고맙게 생각하고 부지런히 나가야 한다. 그렇게 모임에 자꾸 나가다 보면 내 몸과 마음이 긴장을 놓지 않게 되고 외모에도 신경을 쓰게 된다.

✚ 기브 업Give Up

모임에 나가더라도 조심 또 조심해야 한다. 사람은 나이가 들수록 다른 사람보다 우위에 서는 경우가 많다. 대단한 사람이 아닌데도 나이가 많으면 윗자리에 앉게 한다. 자리가 없을 때는 양보도 해 준다. 식사나 차도 맨 처음 대접받고 "춥지 않냐.", "허리 아프지 않냐." 하면서 일일이 신경 써 주고 무거운 짐을 들어 주기도 한다.

연장자들은 젊은 세대의 이러한 양보를 자신이 그들보다 훌륭해서라고 착각하면 안 된다. 대접받는 일을 당연하다고 생각하면 안된다. '내가 먼저 양보하고 배려해야 한다'는 걸 잊으면 안 된다. 나이 먹었다고 대접 받으려는 생각은 아예 내려 놓는 게Give UP 좋다.

사실 오랫동안 알고 지낸 사람들과는 서로의 경력을 잘 알고 있기 때문에 존중도 하고, 편한 사이가 되어 즐겁게 시간을 보낼 수 있다. 하지만 낯선 모임, 낯선 자리에 가면 단지 '처음 보는 늙은이'

또는 '나이 많은 아줌마'일 뿐이다. 그렇기 때문에 관심 받지도, 존중 받지도 못하는 경우가 종종 있다. 그럴 때면 기분도 나쁘고 그 자리에 간 게 후회스럽기도 하다. 나를 존재감 없이 대하는 것을 감수할 것인지 아니면 그게 싫어서 낯선 모임에 안 나갈 것인지 솔직히 오늘도 망설인다.

✚ 치얼 업Cheer Up

전에 어디선가 들은 강연에서 '나이를 먹을수록 현실과 반대되는 말을 입에 달고 살아야 한다'는 말을 들은 기억이 있다. 즉, 할리우드 액션을 하라고 권했다.

예배 시간에 한 할머니가 목사 설교 중에 계속 "아멘.", "할렐루야."를 외쳤다. 예배가 끝나고 옆 사람이 할머니에게 "어떻게 하면 그런 믿음이 생기나요?" 하고 물었더니 할머니 대답이 걸작이다.

"오죽 안 믿어지면 내가 이렇게 소리를 지르겠어!"

말은 힘이 세다. 말은 기적을 만들어 낸다. "아, 신나라~. 아, 행복해라~."를 입에 달고 살다 보면 지겨움이 날아간다고 한다. 행복해서 웃는 게 아니라 웃어서 행복해진다는 말은 이제 식상할 정도로 많이 사용하는 말이다.

나이 든 사람들은 가끔 거짓말을 해야 한다. 속으로는 불평불만이 있어도 겉으로는 '밝게 웃음 지을 의무^{Cheer UP}'가 모든 노년 세대들에게 있다. 짜증스러운 표정으로 불평을 늘어놓는 노인에게 친절을 베풀기는 어렵다. 상냥한 대접을 받고 싶다면 내가 먼저 상냥하게 굴어야 한다. 속마음은 어떻든 간에 밝게 웃는다.

특히, 노화로 인해 여기저기 아픈 데가 많아질수록 속으로는 힘들지라도 되도록 밝게 지내야 한다. 이유는 간단하다. 주위 사람들을 불편하게 만들지 않기 위해서이다. 몸이 불편하다고 호소하면서 "이러고 사느니 차라리 죽어 버리고 싶어."라면서 투정부리고, 간호해 주는 사람이 마음에 들지 않는다면서 화를 내면 주위 사람들과의 관계는 점점 더 나빠진다. 그들은 진저리를 치면서 속으로 빨리 죽었으면 할지도 모른다.

✚ 클린 업 앤 드레스 업^{Clean UP & Dress UP}

다른 항목에 비해서 상대적으로 작은 문제이지만 '청결과 옷차림^{Clean UP & Dress UP}'도 중요하다.

내가 40대였을 때만 해도 잘 차려입고 모자까지 맞춰 쓰고 다니는 할머니를 보면 의아하게 여겼던 기억이 난다. 그때만 해도 그런

차림의 노인은 드물 때라 그 모습이 낯설었다. 심지어 '저 나이에 뭐 저런 데 돈을 쓰지?' 하고 비하하는 생각까지 했다.

내 눈에 익숙한 할머니들은 몸빼 바지나 월남치마처럼 한없이 편한 옷을 입고 쉼 없이 일을 하고 있는 모습이었다. 지금 돌이켜 보면 그분들이 60대도 안 되었는데 나는 그분들을 멋낼 필요도 없는 '인생 끝난 사람'으로 생각했던 것 같다.

오랜 세월 동안 여성 노인을 상징하는 몸빼 바지와 빠글이 파마. 나는 지금도 그 차림을 할 생각이 없고, 더 나이가 먹어도 절대로 하지 않을 것이다. '노인다운' 옷차림으로 살기에는 너무나 긴 세월이 남아 있다.

꼭 외모를 가꿔야 매력적인 사람이 된다고 할 수는 없다. 하지만 '옷이 날개다', '입은 거지는 얻어먹어도 벗은 거지는 못 얻어먹는다'는 속담이 괜히 있는 게 아닐 터. 매일 보는 가족도 번듯하게 입고 나서면 평소와 달라 보이는 건 어쩔 수가 없다.

차림새에 신경을 쓰지 않게 되고, 외출을 하지 않게 된다는 것은 고령자가 사회성을 상실하고 있다는 신호라고 한다. 매력적인 자신을 적극적으로 연출하기 위해 몸을 청결하게 유지하고 멋을 부리자.

긍정적 마인드

노인이 되어 잃는 것은 무척 많다. 노화는 사회적으로 '가치 있다고 여겨지는 것의 상실'인 경우가 많아서 부정적인 성격을 지닌다. 건강과 활기와 아름다움의 쇠퇴, 기억력과 능력(특히 운동 능력)의 쇠퇴, 직장과 사랑하는 사람의 상실 등.

그렇다면 노년이 되어 얻는 것은 무엇일까? 노인들은 자신에 대한 기대, 업적에 대한 요구, 의무 등에서 벗어나 자유로워진다. 그리고 자기가 좋아하는 것에 몰입할 수 있게 된다. 주변에 대한 호기심과 경이로움을 느끼는 능력, 즉 예술성이 다시 살아나기도 한다. 평정심도 커져서 어떤 일을 있는 그대로 바라보는 것도 가능해진다.

평생 쌓아온 인생 연륜과 전문성은 큰 재산이 된다. 아이들과의 관계가 더 좋아지고 거기에서 느끼는 행복감도 커진다. 그리고 유머 감각이 풍부해지는 노인도 많은데 자신의 고통과 결핍과 걱정에 대해서도 여유를 가지고 대할 수 있기 때문이다.

하버드대 심리학자 레베카 레비 연구팀은 50~94세의 660명을 대상으로 23년간 추적 조사를 했는데, 신체적, 정신적 건강 상태와는 상관없이 나이 듦에 대해 긍정적 태도를 보인 사람이 부정적 태도를 보인 사람보다 평균 7년을 더 오래 살았다.

컨닝

품위 있는 노인이 되기 위한 또 하나의 좋은 방법은 '컨닝' 즉, 인생의 롤모델을 찾아보고 정하는 것이다. 나이를 먹으면 나보다 지식이나 경험이 모자란 젊은이들을 은근히 깔보기 쉽다. 그렇게 거만을 떨고 남의 모자란 점만 찾아봐야 내 인생만 팍팍해진다. 온전히 한 사람 전체를 존경하는 게 어려우면 내가 부족한 것을 갖고 있는 사람, 내가 갖고 싶은 것을 갖고 있는 사람을 보면서 롤모델로 삼아 컨닝하고 따라하면 된다.

예를 들면, 소심한 사람은 대범한 사람을, 짜증을 많이 내는 사람은 잘 웃는 사람을, 성질이 급한 사람은 느긋한 사람을 컨닝하는 것이 좋다. 주변에 하고 싶었던 일이나 배우고 싶었던 일을 먼저 시작한 친지들을 따라하는 것도 좋다.

인생의 롤모델은 많아도 좋다. 여기저기 고개만 돌리면 닮고 싶은 사람들이 있어서 따라하고 싶고 그 사람들을 자꾸 만나고 싶다면 사는 게 얼마나 재미있겠는가. 친구 따라 강남도 간다는데.

인간관계에도
공짜는 없다

노인에게 없는 세 가지

노인의 특성은 '3무無'라고 하는 말을 들은 적이 있다. 3무는 무관심, 무신경, 무표정이라고 한다.

노인의 특성 중 하나는 '내향성의 증가'이다. 노인들은 바깥 세계보다는 자기 자신의 생각이나 감정을 판단 기준으로 삼고 심리적 에너지가 안으로 향하는 경우가 많다.

그 예로, 노인들 대화의 절반 이상이 건강에 대한 이야기이다. 모든 관심이 건강에 쏠리니까 주위가 어떻게 돌아가는지 '무관심'하다. 오로지 자기 자신이 중요하고 자기중심성이 강해진다. 나이가 들수록 호기심, 탐구심은 적어지고, 자기 가족과 자기가 아는 것에만 관심이 집중된다. 편협해지기 십상이다. 세상의 변화를 쉽게 받아들이지 못하는 것도 새로운 것에 대한 관심이 부족해서일 것이다.

공공장소에서 언행을 조심하지 않고 예의 없게 구는 건 '무신경'하기 때문이다. 지하철에서 큰 목소리로 떠들어대고 전화 통화를 하는 이들은 대부분 노인들이다. 듣고 싶지도 않은 사적인 대화를 강제로 들어야 하는 건 고역이다. 그럴 때마다 나는 늘 생각한다. 저 사람은 자기 사생활에 관한 이야기를 남들이 들어도 괜찮은가? 아니면 남들 들으라고 그러는 건가?

노인들이 목소리가 큰 원인은 청력 감퇴 때문이기도 하다. 본인이 잘 안 들리니까 남도 안 들리는 줄 알고 목소리가 커진다. 아무리 그렇더라도 공공장소에서는 남한테 폐를 안 끼치도록 조심해야 한다.

노인들은 대부분 주변 사람들 눈치를 보지 않는다. 그건 아마 우리 사회가 나이로 인한 서열 의식이 유독 강한 탓도 있다. 젊었을 때 늘 대하는 사람들이 연장자이거나 직급이 높아서 언행을 조심하는 게 몸에 배었다가 나이를 먹으면서 그것에서 자유로워져서 그런 거 아닌가 생각된다. 옳고 그름을 따지는 자리에서 "너 몇 살이냐?", "나이도 어린 게……."라고 운운하는 걸 보면 우리나라에서는 아무래도 나이가 벼슬인 줄 아는 사람이 많다. 늘 나이 먹은 사람이 우선인 사회에 살다 보니 젊은이들의 입장은 고려하지 않고 맘대로 해도 된다는 생각으로 이어지나 보다.

우리나라 혹은 동양 사람들이 서양 사람들보다 상대적으로 무표정하기는 하다. 이렇게 말하는 나도 무표정에서 자유롭지 못하다. 자주 많이 웃는 사람은 실없다느니, 가볍다느니, 심지어 꼬리 친다느니 하는 말을 들으며 살았으니까.

노인들의 '무표정'은 좀 치명적이다. 무표정은 처진 볼살을 더 늘어지게 하고 입꼬리도 저절로 처지게 만든다. 그래서 화가 난 것 같고 심술 맞아 보인다. 얼굴의 근육이 이미 늘어진 노인들은 억지로 웃는 표정을 짓지 않으면 다 화나 보인다. 슬프다! 인간이 중력의 힘을 어찌 거스를 수 있을까? 그래도 입꼬리 올리는 연습을 생각날 때마다 하는 게 좋다.

인간관계의 중요성

인간관계는 상대에 대한 관심에서 시작된다. 나이를 먹을수록 무관심, 무신경, 무표정에서 벗어나려고 의식적으로 노력해야 한다.

다음은 어르신사랑연구모임의 유경 대표가 정리해 놓은 '싫은 노인'과 '멋있는 노인'의 리스트이다.

✚ 싫은 노인

- 공중도덕을 무시하는 노인(무단횡단, 새치기, 노약자석이 비어 있는 데도 무조건 밀치고 들어가기 등)

- 자기 말만 하고 상대의 말을 들으려고 하지 않는 고집불통 노인

- 냄새나는 노인

- 목소리 큰 노인

- 남녀 차별 또는 딸과 며느리 차별하는 노인

✚ 멋있는 노인

- 청결하고 단정한 옷차림을 한, 웃는 얼굴을 지닌 노인

- 일이든 공부든 무언가 열심히 하는 노인

- 자신보다 연세가 더 많은 분에게 양보하는 모습

- 자원봉사하는 노인

- 노부부가 다정하게 손잡고 걸어가는 모습

- 항상 남을 칭찬하고 어리다고 무시하지 않는 노인

• 새로운 것에 대해 열린 마음으로 대하는 모습

이렇게 나눠 놓은 기준은 대부분 관계 속의 모습이다.

신은 인간이 혼자서는 행복을 누릴 수 없도록 만들었다고 한다. 일방통행으로 자기 뜻만 내세우는 사람의 삶은 언제나 무미건조하다. 나이가 들수록 이웃과 친구도 없이 혼자 독불장군처럼 살면 재미없는 게 문제가 아니라 스스로 자기 명을 재촉하는 결과가 될 것이다.

원만하고 깊이 있는 인간관계는 육체적·감정적 건강 증진은 물론 정신적 능력까지 향상시킨다.

하버드대 연구팀이 724명을 대상으로 79년 동안 추적 조사를 해 온 결과 다음과 같은 세 가지 결론을 이끌어냈다.

먼저, 삶을 가장 좋게 만드는 것은 인간관계이고, 사람들을 죽음에 이르게 하는 것은 외로움이라는 것이다. 가족, 친구 그리고 공동체와 많은 접촉면을 가진 사람들이 더 행복하게 지내는 것으로 나타났다. 반면 외로움은 '삶의 독毒'이라고 한다.

두 번째, 인간관계는 양보다 질이다. 친구의 숫자가 아니라 친밀도가 중요한데, 사람들과의 갈등 관계 속에서 생활하는 것은 건강에 매우 좋지 않다고 한다. 다툼이 심한 부부는 이혼한 사람보다도 건강이 좋지 않았다고 한다.

세 번째, 좋은 인간관계는 기억력까지 증진시키는 것으로 나타났다. 자신이 의지할 파트너가 있다고 느끼는 사람들은 실제로 정확하고 뛰어난 기억력을 갖고 있었다. 그렇지 않은 사람들은 조기 기억력 감퇴를 경험하는 사례가 많았다.

연구팀은 스크린을 보는 시간 대신 사람들과 직접 만나는 시간을 늘리고 데이트나 여행 등 새로운 일을 같이하면서 인간관계를 활기차게 만들라고 조언한다.

나를 힐링시켜 주는 오래된 친구

새 친구를 만드는 것도 중요하겠지만 함께 늙어가는 오랜 친구의 소중함도 잊지 말자.

분주하게 살았던 젊은 시절, 모임에 나가서 수다만 떨고 돌아올 때는 늘 허전한 마음이 들어서 시간이 아깝다는 생각을 많이 했다. 혹시 나랑 생각이 많이 다른 멤버라도 있으면 그 모임에서 아예 빠질까 하는 생각을 한 적도 있었다.

그런데 지금은 그 모든 친구들, 선후배들이 소중하다. 오랜 친구는 새 친구를 만날 때처럼 긴장하지 않고 편한 마음으로 대할 수 있다. 오랜만에 만나도 어제 본 듯 친근하다. 공유한 추억이 많아서 그런지 만나면 이야기가 끝이 없다. 그런 친구들과 수다를 떨고 돌아오면 몸과 마음이 편하고 흐뭇한 느낌이 든다. 그야말로 힐링이 되는 소중한 관계이다.

주변을 유쾌하고 즐겁게 만드는 맞장구 효과

인간관계를 좋게 만드는 쉬운 방법 중 하나는 '맞장구'이다. 상대방의 이야기를 잘 듣고 있다는 신호를 보내고, 부드러운 대화를 이끌기 위해서는 맞장구가 필수이다.

내가 아는 한 후배는 만나는 사람들에게, 먹는 음식들에게, 그들의 옷이며 장신구에게, 오가며 보는 거리와 공원과 관광지의 풍경에게 늘 "훌륭해, 훌륭해."를 남발한다. 세상의 모든 것이 그녀에게는 감탄의 대상이다.

그녀가 다녀온 곳은 모두 세상 어디보다 아름답고, 그녀가 쇼핑한 거리는 놀랄 만한 아이템으로 가득 차 있으며, 그녀가 가 본 식당은 모두 최고의 인테리어와 맛을 자랑한다. 상대가 말하는 별 거 아닌 내용에도 박수를 치며 하이톤으로 "훌륭해~."를 연발한다. 그녀를 만나면 기운이 솟는 걸 느낀다. 유쾌해지고 즐거워진다. 한 마디로 업^{up} 된다.

이처럼 정열적으로 맞장구를 치고 별 것도 아닌 일에 깔깔깔 웃는 사람이 되면 꼭 유머가 없더라도 얼마든지 분위기 메이커가 될 수 있다.

마중물

한성열·서송희 부부 심리학자는 한 칼럼에 '사람 관계도 근육 같아서 자꾸 써야 좋아진다.'고 말한 적이 있다. 또 '내가 마중물을 부어야 상대 마음이 열린다.'고 했다. 마중물. 참 예쁜 말이다.

그 칼럼에서는 사람은 나이가 들수록 아랫사람들에게 책망을 하기 쉽지만 행복한 노년을 위해서는 그 반대로 살아야 한다는 내용이 있다. 즉, 자기 주위에 있는 사람들을 늘 인정해 주고 칭찬해 줌으로써 이웃에게 꼭 필요한 사람으로 살아야만 노년을 아름답게 보낼 수 있다는 이야기이다.

먼저 다가갈 것. 부드러운 말, 먼저 내미는 손, 어려울 때 직접 찾아가고 챙겨 주는 정성은 기본. 체면이 밥 먹여 주지 않으니 체면은 내려놓고 사람 마음을 얻는 게 먼저이다.

　주위 사람들과 관계가 원만하면 일단 본인이 스트레스를 덜 받고 행복하다. 그러면 덩달아 주변도 행복해진다.

꼰대에서 꽃대로

노약자석? 노인석?

한 70대 노인이 지하철 노약자석에 앉은 임신부에게 "왜 젊은 사람이 노약자석에 앉아 있느냐."고 시비를 걸었다. 임산부라고 하자 임신이 맞는지 확인해 보자며 옷을 들추려고 했고, 이를 막으려고 하자 배를 쿡쿡 찌르면서 폭력을 행사했다. 주변 사람이 경찰에 신고한 덕에 그 노인은 다음 역에서 연행되었다.

노약자석에서 벌어지는 이런 갈등은 잊을 만하면 한 번씩 들려오곤 한다. '진상' 또는 '꼰대' 짓을 벌이는 노인들 때문에 노인 이미지에 먹칠을 하고 그 대가는 노인 기피, 노인 차별로 돌아온다.

요즘 버스나 전철의 노약자석은 어느새 '노인석'이 되어 버렸다. 노약자석 위에 붙여 놓은 그림에는 노인, 임산부, 아이를 동반한 사람, 장애인이 표시되어 있다. 몸이 약하거나 아픈 사람도 앉을 수 있는 자리가 노약자석이다. 그렇지만 '노인'이 아닌 '약자'는 거기에 앉을 수 없는 분위기가 되었다. 심지어 임산부도 앉았다가 앞의 사례와 같은 노인의 횡포를 당하는 일이 종종 있다.

프랑스에서 8년째 살고 있는 곽원철 님이 한 일간지에 아주 인상적인 글을 실었다. 프랑스 버스의 노약자석에 붙여 놓은 순위를 소개한 것인데, 프랑스에서도 '노약자'에 대한 논쟁이 있었는지 아주 자세하게 순위를 정해 놓았단다. 내가 3번이니, 4번이니 하면서 다투면서까지 자리에 앉으려고 하지는 않겠지만 사회가 배려해야 할 사람의 순위를 공식적으로 천명한 것에 의미가 크다고 하겠다.

1. 상이군인(나라를 위해 희생한 사람들에 대한 예우가 각별하다.)

2. 민간 시각장애인(시각장애인들은 흔들리는 차 안에서 서 있기가 매우 어려울 것이다.)

3. 산업재해 장애인(같은 장애인이라도 산업 현장에서 장애를 입은 사람

을 더 우대한다.)

4. 서 있는 것이 힘든 (법적) 장애인(다리나 척추 등에 장애가 있는 사람)

5. 임산부

6. 4세 이하의 어린이를 동반한 사람(어린이를 보호해야 하는 동반자
   도 똑같은 배려를 받아야 한다고 인식하고 있다.)

7. 서 있는 것이 특별히 힘들지는 않은 (법적) 장애인(팔이나 청각 등
   에 장애가 있는 사람)

8. 서 있는 것이 힘들다는 증명을 가진 사람(일시적으로 다치거나 병
   이 있는 사람, 진단서 등이 필요하다)

9. 75세 이상의 노인

사회적으로 배려해야 할 사람들의 순위를 국민들이 모두 알 수
있도록 명시해 놓은 것도 인상적이지만 9순위를 보고 나는 그만 놀
라 자빠질 뻔했다. '75세 이하'는 노인 취급도 못 받는다! 그리고
노인은 노약자 순위에서 '최하위'이다! 라는 사실에 충격이 이만저
만이 아니었다.

우리나라는 65세만 되어도 노약자석에 가서 내 자리 내놓으라는
식인데. 공짜로 타면서 노약자석까지 당연한 듯이 (약자를 무시하고)
점령했으니 젊은이들 시선이 고울 리 없다.

대학의 시간 강사를 그만두고 대리기사로 일하면서 겪은 일을 책으로 낸 김민섭 사회문화평론가는 대리기사를 하면서 만난 젊은 사람과 50대 손님들의 차이점에 대해 다음과 같이 이야기한다.

대리운전을 이용하는 젊은 사람들은 절대 자기 이야기를 하지 않는다. 대신 "요즘 ○○팀이 야구 잘하지 않냐?", "무한도전이 재밌더라."와 같은 이야기를 한다.

그러나 50대는 자기 인생을 이야기하고 공감을 얻고 싶어 한다. 그들은 처음에는 대리기사인 나에게 열심히 산다는 칭찬 혹은 걱정을 가볍게 건네지만 곧 자신은 더 열심히 살았다는 자기 서사를 시작한다. 내가 어떻게 지금의 자리까지 왔는가, 얼마나 고생했는가와 같은 이야기이다. 그에 더해, 사실 젊은 사람들이 제대로 된 노력을 하지 않고 있으며 세상에 공짜 밥은 없다고 강조한다. 그러니까 당신도 지금보다 더 열심히 살아야 한다고 당부하고는 이런 이야기는 어디 가서 못 들으니 오히려 내가 당신에게 돈을 받아야겠다는 유머(?)를 던진다. 그러고는 "내가 이런 이야기해 줘서 좋았지?"라고 마무리한다.

나이가 벼슬인 시대는 끝났다

노인을 대하는 사회의 시선이 차갑다. 언제부터 장유유서는 무너졌을까? 산업화가 진행되면서 시작되었다고 본다. 산업화 사회에서는 먹고사는 데 연장자들의 도움이 필요 없다. 더 이상 노인은 존경의 대상이 아닐 뿐더러 오히려 천덕꾸러기가 되었다. 그래도 오랜 세월 '경로' 사상을 강요하면서 버텨온 셈이다.

나이를 먹었다고 무조건 우대해야 하는 건 아니지만 '노인 차별'이 되면 문제가 심각해진다. 다른 모든 약자에 대한 차별이 잘못이듯 단순히 노인이라는 이유만으로 차별 받는 건 사회적으로 함께 노력하면서 고쳐야 할 풍토이다.

노인을 무시하는 경향이 심해지는 또 하나의 이유는 노인 인구가 많아졌다는 점도 있을 것이다. 어떤 집단이건 숫자가 많아지면 대접받기 힘들어지는 게 인지상정. 단순히 나이가 많다는 이유로 무조건 배려해 주고 양보해 주기에는 노인이 너무나 많다. 살기가 고달프기는 젊은이들이 더 하면 더 했지 덜하지 않다. 고달픈 젊은이들에게 마치 뭘 맡겨 놓은 듯이 자꾸 뭘 해 달라고 할 수 있는 시대는 지났다. 그런데도 우리는 그걸 자꾸 잊어버리고 젊은이들이 노인을 공경하지 않는다고 투덜거린다.

얼마 전 한 연구소에서 '노인을 존경하는가?'라는 질문으로 설문 조사를 했다고 해서 하하 웃어 버렸다. 그 질문 자체가 '노인을 존경해야 한다'라는 강요를 담고 있기 때문이다.

'존경'의 사전적 의미는 '남의 인격, 사상, 행위 따위를 받들어 공경함'이라는 뜻이다. 단순히 나이가 많다고 해서 무조건 그의 인격이나 사상, 행위를 공경할 수는 없다. 그런데도 노인이라서 대접받아야 하고, 노인이라서 억지소리도 들어줘야 하고, 노인이 하는 말을 진리인 것처럼 받아들여야 한다고 생각하는 노인들이 많다. 젊은이들에게 씨가 먹히지 않을 소리이다. 그게 바로 '꼰대'이다.

꼰대, 꼰대질

특히 나이 든 남자 노인에 대한 시선이 차갑다. '남자'라는 말을 쓴 것에 대해 어느 정도는 성차별적 시각이 들어 있음을 인정한다. 하지만 평생 남(가족)을 돌보고 희생하는 역할을 하며 살아온 여성들은 나이가 들어도 다른 사람을 배려하는 마음이 남성보다 훨씬 많은 걸 경험으로 충분히 보아 왔다.

많은 남자 노인들은 말하다 막히면 대뜸 몇 살이냐고 그런다. 소통을 하는 게 아니라 호통을 친다. 잘못을 해도 미안하다고 할 줄을 모른다. 끝까지 자기가 맞다고 우긴다. 묻지도 않았는데 가르치려고 한다. 그리고 입을 열면 길고 지루하게 이야기한다. 당연히 젊은 사람들은 질색을 한다. 나이 든 사람이 있으면 그 근처에 가기 싫어한다. 나는 젊은이가 아닌데도 이런 노인이 '너무' 싫다.(젊은이들이 나를 싫어하지 않을지 신경써야 한다는 생각이 또 든다.) 아무튼 '꼰대'라는 말은 나이 든 '남자'에게 더 많이 해당된다고 봐도 큰 무리는 없겠다.

최근 한 취업 관련 포털사이트에서 '직장 내 꼰대'에 대해 조사한 결과에 따르면, 응답자의 무려 90퍼센트가 '사내에 꼰대가 있다'고 답했다. 이들이 꼽은 가장 많은 꼰대 유형은 이른바 '답정너(답은 정해져 있어. 넌 대답만 해)' 스타일이다. 이런 상사는 회의 시간에 모두에게 아이디어를 묻지만 마지막에는 자신의 생각을 은근히 강요한다. "퇴근하고 뭐해?"라며 갑자기 회식을 잡는 상사도 여기에 속한다.

다음으로는 무조건 복종하기를 원하는 '상명하복' 꼰대와 뭐든지 "내가 해 봐서 아는데……."라며 나서는 '전지전능' 꼰대가 꼽혔다.

'꼰대'는 원래 기성세대나 선생을 뜻하는 은어이다. 꼰대는 틀린

말을 하는 사람이 아니다. 사실 다 귀담아 들어도 좋을 말들이 대부분이다. 하지만 사람들은 그 말을 듣는 것을 싫어한다. '가르치려고 들기' 때문이다. 도와주고 싶은 마음이 앞서다 보면 상대방에게 불필요한 조언을 하게 된다. 하지만 상대방이 듣기 싫어하는 조언은 '잔소리'에 불과하다. 이런 잔소리를 남발하는 사람이 '꼰대'인 것이다.

사실 꼰대질은 자기중심주의와 자기가 더 낫다는 오만함에서 나온다. 그리고 주변 상황을 고려하지 않는, 자기 언행을 좋아할지 싫어할지 모르는 눈치 없는 태도에서 나온다. 눈치가 없는 건 상대방의 입장에서 생각해 보는 공감 능력이 부족하기 때문이다.

아랫사람들에게 존경을 받고 내가 해 주는 조언이 효과를 가지기 위해서는 무엇보다 먼저 상대방의 마음을 얻어야 한다. 꼰대가 되지 않기 위해서는 먼저 '마음이 통하는 대화'를 해야 한다. 그 대화는 '듣기'에서 시작된다. 대화의 기술 중 가장 기본이 되는 것은 바로 '경청하기'이다.

전문가들은 입을 모아 말한다.

"누군가를 올바로 이해하려면 낮은 마음으로 상대방을 존중해야 한다. 충고하려고 하지 말고 끝까지 들어야 한다. 어쩌면 말하는 사람도 정답을 알고 있을지 모른다. 단지 이해받고 싶어서 또는 들어 줄 상대가 필요해서 말하고 있는 것뿐일 수 있다."

꼰대가 아닌 꽃대, 선배시민

나이 들면 세상에 저항할 것이 아니라 자신에게 저항해야 한다는 말이 떠오른다. 세상 사람들, 젊은이들 보고 내 뜻대로 살라고 강요할 게 아니라 내가 변해야 한다. 젊은이들에게 의존하는 게 아니라 든든한 기둥이 되어야 한다.

한 지방의 자치 신문에서 '후배들이 존경할 수 있는 노인'에 대한 글을 읽고 무릎을 쳤다. 그 글에 나온 '선배시민'이라는 용어도 신선했다. 그 필자는 노인복지관에 근무하면서 매일 세 종류의 노인을 만난다고 한다.

첫 번째는 그냥 '늙은이'이다. 인터넷 공간에서 늙은이란 '늘 그런 이'라고 한다. 그들은 "이렇게 살다가 그냥 죽지 뭐!", "세상의 이치가 다 그런 것이야!"와 같은 숙명론을 안고 살아간다. 그들은 고집이 세고 고지식하며 보수적이어서 변화를 싫어한다. 돌봄 대상이 되는 것을 받아들이고 우대해 주지 않으면 화를 낸다. 젊은이들이 볼 때 '늙은이'와는 소통이 불가능하다.

두 번째는 '성공한 노인'이다. 이들은 '신노년'이라고도 하는데 늘 자신감에 차 있다. 경제적인 여유가 있으며 몸도 무척 건강하다. 자녀와 사회에 의존하지 않고, 노인복지관에서 진행하는 프로그램에 참여하는 것도 적극적이다.

"나는 무엇이든지 잘할 수 있다!", "열심히 노력해서 살면 안 되는 것이 없다!", "폼 나게 살기 위해서는 늘 자기 계발을 해야 한다!" 와 같은 말을 실천하고 살아간다. 누가 봐도 성공적으로 노후를 보내고 있는 것 같다. 그러나 이런 사람이라고 다 존경받는 건 아니다.

세 번째는 '선배 같은 노인'이다. 글쓴이는 '선배시민'이라고 불렀다. 선배시민은 후배들을 잘 돌보는 사람이다. 후배의 문제를 자신의 문제처럼 느낄 줄 알며 선후배 간의 관계를 넘어 시민 전체, 즉 공동체의 삶에 관심이 많은 사람들이다. 노인이라고 해서 스스로를 돌봄의 대상으로 생각하지 않고 돌봄의 주체가 되기 위해서 노력하는 사람이다. 경쟁보다는 협동을 생각한다. 개인이 아닌 사회의 문제점에 대해서 알려고 하고 고치려고 한다.

선배시민은 존경받는 노인이다. 선배는 후배에게 힘이 되어 주고, 후배는 선배를 본받고 싶어 한다. 누구나 성공할 수는 없지만, 누구나 선배시민이 될 수는 있다.

꼰대가 아닌 '꽃대'가 될 수 있다!

6장

노인을 품는 사회,
사회를 품는 노인

나홀로 시대 적응하기

독거노인

나와 가까이 지내는 후배 교사들 중에는 유독 미혼인 사람이 많다. 그들은 딱히 결혼을 안 하려고 결심을 했던 것은 아니지만 특별히 '남편'을 만들려고 애쓰지도 않았다. 한때 '골드미스'로 불리며 여유로운 생활을 즐기는 그들이 부러워 보인 적도 많았다.

어느새 그들이 50대가 되어 슬슬 노후 대책까지 생각하는 시점이 되었는데 한 후배는 반 농담 삼아 스스로를 '독거노인'이라고 부르며 웃음을 안긴다.

독거노인의 언어적 정의는 '혼자 사는 노인'이다. 하지만 독신 고령자라 해도 경제적으로 부유하거나 가족과 왕래가 지속적으로 이루어지는 경우에는 사회적 이슈가 되지 않는다. 흔히 사회적으로 문제가 되는 독거노인은 노년에 배우자와 사별했거나 자녀가 없어 노후 부양을 받지 못하는 빈곤층 또는 자녀가 있어도 부양 능력이 없어 별거 상태인 노인이다.

독신으로 의식주 생활을 해결하며 사는 것도 힘겹지만 노환 등으로 거동조차 불편한 노인이 늘어나고 있는데 이런 불우한 노인들은 정부에서 지원해 주고 있으며 해당 지역의 지자체나 복지 기관에서도 경제적인 지원이나 의료 지원 등 불편한 부분을 부족하게나마 보조해 주고 있다.

여기서 내가 하려고 하는 이야기는 사회적 손길이 필요한 독거노인 이야기가 아니다. 그 분야는 이 책에서는 감히 언급할 문제가 못 된다. 그리고 꼭 혼자 사는 노인에 대한 이야기도 아니다.

혼자서도 잘해요

지인의 어머니는 80대 후반이지만 아직도 혼자 살고 있다. 딸들이 가끔 집에 들러 보기는 하지만 거의 혼자서 장을 보고 끼니를 챙겨 먹고 외출하면서 지낸다. 교회, 수영, 친구 모임 등이 그녀의 주요 스케줄이다. 가끔 딸들이 방문해서 생활과 관련해 이런저런 제안을 해도 잔소리를 한다며 손사래를 친다.

또 다른 지인의 외할아버지는 90대이다. 혼자 사시는 건 아니다. 몸이 불편해서 수족이 늘 떨리고 언행도 아주 느리지만 부축 받는 것은 질색을 한다. 외출할 때 신발을 신고 나가기 편하게 정리해 주는 것도 하지 말라고 눈치를 준다. 자동차 문을 닫아 주는 것도 싫어한다. 뭐든지 직접 하려고 하고 움직이는 것을 마다하지 않는다.

출판사 실장님의 친정아버지는 70대 초반이다. 약품 회사에서 일을 하다가 정년퇴직할 때 회사에서는 퇴직 후에도 계속 나와 달라고 했다는데 후배들 일자리를 빼앗으면 안 된다며 사양했다고 한다. 그 때문에 아내한테 싫은 소리를 꽤나 들으셨다고. 그리고 나서는 한동안 우울감을 느꼈지만 지금은 오전 오후에 산에 다니면서 건강하게 활동하고 있다. 노인정은 절대 사절이다.

한번은 산에 비치된 운동 기구로 운동하던 중 한 젊은이가 "참 정정하시네요."라고 하는 말을 듣고는 의기양양해서 역기를 무리

하게 들다가 병원행을 해야 한 적도 있다.

이분도 파나 멸치 다듬는 소소한 일들을 자녀들이 하겠다며 가만히 계시라는 말을 가장 싫어한다. 같이하겠다고 해도 오히려 놔두라고 한다.

그 실장님은 오히려 친정아버지에게 이것저것 해 달라고 투정부린다. 친구들이 부모를 부려먹는다고 하지만 실장님은 부모님에게 그리 과하지 않은 '일'을 드리는 게 부모님들의 자존감, 자긍심을 높이는 데 도움이 된다고 굳게 믿고 있다.

첫 번째 노후 준비는 홀로서기 훈련

노인전문가 고광애 님이 쓴 책을 읽으며 구구절절 옳다고 느꼈다. '홀로서기'가 진정으로 필요한 시기는 노년기라고 생각한다.

요즘은 노인들이 자식들과 함께 사는 건 힘들다. 자식과 함께 살고 있다고 하면 '자식들한테 못할 노릇 꽤나 시키는구나.' 하는 눈총이 돌아온다. 반면 자식들은 부모와 같이 살고 있다는 그 사실 하나로 효자, 효녀라는 칭송이 돌아온다. 노인에게 완전히 불공평한 세상이 되어 버렸다.

세상이 변한 것이다. '노인네가 살면 얼마나 산다고……' 하면서 부모를 모셨던 그 시절은 지나갔다. 아들딸들이 이전처럼 같이 살아주기에는 '노인네들이 살아도 너무 오래 사는' 세상이 되었다. 젊은이들의 효심(인내심)에도 한계가 있는 것이다.

또 막상 같이 산다고 해도 진정으로 '같이 산다'고 하기도 어렵다. 같은 공간에 살아도 모두 '따로국밥'이다. 하는 일이 모두 다른 가족들이라 부모자식 간에도 대화다운 대화가 별로 없는 세상에 조부모와 손주들 사이에 대화가 제대로 통할 리 없다. 함께 누리고 즐길 수 있는 시간도 없다. 젊은 것들끼리 쑥덕거리고 스마트폰이나 컴퓨터만 본다. 궁금해서 물어보면 '노인네는 몰라도 된다'는 대꾸가 돌아온다. 노인들은 철저히 소외되어서 그냥 자리를 지키는 화분, 심지어 투명 인간 취급을 당하기 일쑤이다. 과연 그게 혼자 사는 것보다 덜 외로울까?

딸네 집이 아들네 집보다 낫다고? 막상 같이 살아 본 사람들 이야기는 다르다. 일단 딸네 집에는 백년손님인 사위가 있다. 딸네 집에 있다가 자기 집에 돌아와서는 속옷 바람으로 있으면서 "아이고, 내 집이 제일 편하고 자유롭네." 하는 말이 절로 나오더라는 이야기는 흔하다.

그리고 육아에 집안일에 허덕이는 딸을 보고 가만 앉아 있을 강

심장은 없다. 결국 집안 살림을 하게 된다. 서서 밥 먹는 곳이 딸네 집이라 하지 않는가. 특히나 딸은 격의 없는 사이이다 보니 서로 감정을 절제하지 않아서 이런저런 충돌이 잦다. 부모에게 충고질하기 일쑤여서 기분도 종종 상한다.

아들네 집? 피도 섞이지 않은 며느리와 법으로 묶인 가족이 편할 리가 있나? 오죽하면 '시'자가 들어간 '시금치'도 싫다는 말에 세상의 모든 며느리가 고개를 주억거리게 되었을까?

아들네 집에서의 불편함은 시아버지 경우가 더 심하다. 아들네 집에 살던 시아버지가 여름에도 옷을 챙겨 입고 있다가 땀띠가 났다는 이야기는 고전이다. 그 며느리라고 옷을 편히 입었을까?

또 시어머니 입장에서는 직장 생활하는 며느리를 대신해서 살림해 줘야 하니 딸과 별반 다르지 않다. 며느리와 살림하는 방식이 달라서 해 주고도 절대로 좋은 소리 못 듣는 게 딸과 다른 점이다.

고독과 친해지기

2015년도 통계청 자료에 의하면 1인 가구의 비율이 28퍼센트로, 이 비율은 빠른 속도로 늘고 있다. 그 중 고령자 1인 가구의 비율은

23퍼센트였는데, 앞으로 30년새 절반 정도가 될 것으로 예측했다. 그러나 아직도 사회 분위기는 '가족과 함께'가 행복하다는 고정 관념에서 벗어나지 못하고 있는 듯하다.

혼자라도 좋다는 생각을 늘 하고 고독과 사귀는 방법을 익히는 게 좋을 것이다. 고아, 비혼, 이혼 등 평생 혼자 산 사람들도 주변에 많이 있다.

영화 〈아이 캔 스피크〉를 보면 주인공 옥분의 삶의 자세가 인상적이다. 뭐든지 혼자 하면서 평생을 살아온 그는 매우 독립적이고 씩씩하다. 동네와 사회에 대해서 무관심하지도 않았다. 중요한 목적이 있기는 했지만 나이 들어 영어를 배우는 데도 매우 적극적이어서 기본적인 회화가 가능해졌다. 그녀는 애초에 세워 놓은 목표인 미국에 사는 동생을 만나는 것과 국제 사회에 위안부 상황을 증언하는 것 둘 다 이뤄냈다.

단편 영화 〈온실〉에서도 혼자 사는 할아버지가 나온다. 그는 세탁기를 돌리고 빨래를 넌다. 손거울을 보며 코털을 정리하고, 손톱을 손질한다. 라디오를 들으며, 신문을 읽는다. 집에 혼자 있는 날이면 보내게 되는 흔한 모습이다.

보통 사람들이 하루하루 스케줄에 맞춰 일하고, 사람들을 만나고, 운동이나 취미 생활 등으로 자기 시간을 갖는 것처럼 영화 속 할아버지 역시 여느 젊은이들처럼 하루를 보내고 있다. 그리고 무료함이 느껴질 때면 라디오에 유행가를 틀어 놓고 따라 부르기도 하고 아파트 관리인 할아버지와 함께 장기를 두러 나가기도 한다.

그러다가 영화는 '세월의 흔적'이라는 묵직한 무게도 느끼게 해 준다. 단수가 될 것이라는 방송을 들었음에도 온몸에 비누칠을 한 채 샤워기를 트는가 하면 자장면을 시키고서 외출을 하는 모습 등.

김지훈 감독은 권태 속에 반복적인 생활을 한다고 오해하기 쉬운 노인들의 일상생활이 젊은이들과 크게 다르지 않고, 그들은 결코 낯선 존재가 아니라는 사실을 알려 주고자 이 영화를 만들었다고 한다.

생활의 일선에서 물러나지 말 것

몸이 노화되는 속도를 늦추는 방법은 생활의 일선에서 물러나지 않는 것이라고 한다. 일상생활에서 일어나는 잡다하지만 꼭 해야 하는 일들을 남의 손에 맡기지 말고 직접 하는 것이 좋다.

사실 젊은 사람이라도 혼자서 의식주를 제대로 챙기기는 어려운 법이다. 혼자서 장보기, 식사 준비와 뒷정리, 빨래, 청소, 옷장 정리 그리고 집 관리와 보안 유지까지……. 해도 해도 끝나지 않는 일이라 나이가 들면 이런 일들에서 은퇴하고 싶어진다. 그렇더라도 이런 일들을 계속하는 것이 노화를 늦추는 방법이라고 한다.

매일 하는 식사 준비는 두뇌 훈련이 되고 기억력 유지에 도움이 된다. 냉장고 관리도 고도의 두뇌 작용을 필요로 한다. 남은 찬거리로 무엇을 할지 생각하다 보면 창의력까지도 발휘된다. 그 외 전구를 갈아 끼우거나 주방 벽과 화장실 청소에 대한 계획을 세우고 실천하는 등 끊임없이 신경을 쓰고 몸을 움직여야 삶이 이루어지는 것이다. 귀찮기 짝이 없는 일이라고 불평하지만 하기 싫은 일을 하지 않으면 인간은 바보가 된다.

남자도 집안일 배워야 한다

나이 들어서 일상생활에 필요한 일을 전혀 하지 못하는 사람들은 주로 남자들이다. 과거에 어느 정도 직위에 있었던 사람들은 남에게 대접받았던 일을 잊지 못한다. 그래서 단순한 일, 손발이 수

고로운 일, 누구나 할 수 있는 일을 하려고 하지 않는 경향이 있다. 이들은 은퇴 후 새 일자리를 찾는 데도 애를 먹는다. 일자리를 잡아도 자기를 알아주지 않는다고 매사에 투덜대다가 곧 그만둔다.

은퇴 이후의 생활은 사회에서 활발하게 활동할 때와는 엄연히 다르다. 이를 제대로 인식해야 자립을 시작할 수 있다. 사장직에서 물러나면 평범한 인간으로 돌아왔다는 사실을 빨리 받아들여야 한다. 은퇴하면 비서도 운전기사도 없다.

집에서도 마찬가지이다. 사회적으로 높은 위치에서 활약한 내가 청소기를 돌리고, 냉장고와 창고에 뭐가 있는지를 기억해야 하냐고 말하는 그때가 노망의 시작이라고 한다.

여자는 직장생활을 한 사람이라도 대부분 집안일을 손에서 놓은 적이 없다. 육아나 노인 돌보기까지 하면서 살아왔다. 그렇기 때문에 여성은 혼자서도 노후를 잘 보낼 수 있다.

주변에서 혼자 사는 여자 노인보다 남자 노인이 더 청승스럽고 지저분해 보이는 데는 그런 이유가 있다. 가족들도 아버지 혼자 남는 것보다는 어머니 혼자 남는 것을 더 편하게 생각한다.

남자도 밥하기, 세탁, 청소, 쇼핑 방법 등을 익혀야 한다. 남들과 지능 지수가 비슷한 사람이라면 충분히 해내고도 남는다. 은퇴를 하고서도 일부러 집안일에 서툰 척하면서 여전히 자기 몸을 움직이기 싫어한다면 노화도 문제지만 무엇보다 주변 사람들에게 짐이 된다.

집 안에서 소소한 일들을 해결할 수 있도록 하나하나 배워 나가려는 자세가 중요하다. 노후에 아내가 먼저 세상을 떠나 혼자 남게 될 가능성도 있고 아내가 오랫동안 병석에 누워 있을 수도 있다. 세상일은 알 수 없다. 미리미리 집안일에 익숙해지는 게 좋다.

남의 도움을 당연시하지 말 것

나이 든 사람들은 남에게 쉽게 의존한다. 가족이든 복지사든 자원봉사자든 호의적인 젊은이든 많은 노인들이 도움을 받고도 당연하다고 생각하는 경향이 있다.

나이가 들면 하지 못하는 일이 생기는 건 당연하다. 이럴 때는 다른 사람에게 부탁할 수밖에 없는데 그때는 돈을 지불해야 한다. 돈이 없는 게 아닌데도 많은 노인들이 공짜로 남의 호의를 이용하려고 한다.

인간으로서의 자립은 경제적 자립에서 시작된다. 혼자 못할 때는 남에게 돈을 주고 부탁한다는 원칙을 인정해야 한다.

돈이 부족하면 돈을 많이 쓰지 않고 시간을 잘 보낼 수 있는 방법을 찾아야 한다. 꼭 장거리 여행을 가지 않아도 가까운 산이나 공원을 산책하고, 65세 이상에게 혜택을 주는 무료 교통수단을 이용해서 나들이를 하는 등 많은 돈을 쓰지 않고도 잘 지내는 노인들이 많다. 무료로 이용할 수 있는 복지관이나 공연장 등 즐거운 시간을 보낼 수 있는 시설들도 널려 있다. 돈 많은 노인들과 비교하면서 불행을 되새기기보다는 주어진 여건 안에서 나름 즐기고 만족할 만한 프로그램을 만들 것을 권한다.

무엇보다 혼자 하는 버릇을 길러야 한다. 혼자서 교통수단을 이용해 길을 찾다 보면 두뇌 훈련에도 좋을 뿐 아니라 자신감도 생긴다. 어디든 혼자 갈 수 있다는 건 얼마나 자유로운 일인가. 물론 이 모든 것은 건강이 허락되어야 하는 일이기는 하다.

가족의 간호를 기대하지 말 것

내가 아는 후배 교사는 건강상의 문제로 또래들보다 일찍 명퇴를 하게 되었다. 그런데 그녀에게는 초기 상태의 치매를 앓고 있는 80대의 어머니가 있었다. 그 어머니는 한사코 요양 기관에 들어가는 걸 거부하는데 그것은 아직 딸에게 기댈 수 있다고 생각하기 때문이기도 하다. 흔히 형제자매 중에서 미혼인 자녀(특히 딸)가 노부모 부양의 '독박'을 쓰게 마련이다.

그녀는 요양 보호사가 방문하는 이틀을 제외하고는 외출도 하기 어렵다. 정상적인 직업도, 그렇게 좋아하던 여행도 아예 불가능해졌다. 지인들과의 만남도 극히 제한적이다. 문제는 그 생활이 언제 끝날지 모른다는 것이다.

거동이 불편해지면 어떻게 하는 것이 효율적일까? 집(가족)을 떠나 시설에 들어가는 것을 버림받은 것처럼 생각하는 사람들이 있다. 자녀들도 집에 모시고 있으면 부모에게 잘하는 것이고, 시설로 보내면 못된 자식이라는 생각이 아직도 남아 있다.

사실 가족들의 간호가 더 효율적인 것도 아니다. 어머니가 치매에 걸렸다는 사실을 인정할 수 없었던 아들이 어머니에게 "정신 좀 차려 보세요!"라고 외치기만 하고, 치매에 걸린 사실을 인정하라는 아내와 부부 싸움을 하는 사이에 어머니의 증세가 더 악화되어 버린 경우도 있다고 한다.

전문가들 또한 가족이 아픈 노부모의 간호를 모두 떠맡는 것은 환자에게도 도움이 되지 않는다고 한다. 물론 가족들 모두가 힘들어지는 건 말할 것도 없다. 가족들 중 적어도 한 명은 자기 인생을 포기하고 간호에 매달려야 한다. 이들은 부모를 돌보는 동안 다른 생활이 불가능해져 고립감에 시달린다. 일을 그만 둔 경우 경력이 단절되고, 언제 끝날지 모를 일이기에 미래를 설계할 수가 없다.

몸을 제대로 가눌 수 없는 상태가 되면 시설로 들어갈 것인지, 재가 서비스를 받을 것인지 미리 정해 놓는 것이 좋다. 다만 재가 서비스의 경우는 요양 보호사가 방문하지 않는 시간에는 다른 가족의 손길이 필요하다는 점을 고려해야 한다.

일일 간호 서비스, 도우미 파견, 배식 서비스, 통원을 위한 이동 서비스 등 자신의 지역에 어떤 복지 서비스가 있는지 잘 확인해서 가족의 피해를 줄이면서도 더 질 좋은 보호를 받을 수 있도록 알아 두는 것이 좋다. 이에 대한 자세한 내용은 살고 있는 지역의 구청이나 주민센터에 문의하면 복지 담당 공무원이 잘 안내해 줄 것이다.

모든 것은 마음먹기에 달렸다. 내가 주체로 나서면 그만큼 자유로워진다. 남들이 해 줄 것을 기대하지 말고 스스로 남을 위해 움직여야 한다.

넓은 세상으로 나가라

스케줄은 빡빡하게

2017년 겨울, 백자은 님은 70대 중반의 나이에도 꼿꼿함을 자랑한다. 인사동에서 친구들을 만나 여행 계획 짜기 바쁘다. 점심을 먹고 차를 마시면서 서너 시간 동안 인도 여행 계획을 짠 후 저녁에 또 다른 모임으로 향한다. 그는 이날이 아니어도 매일이 바쁘다. 종교 활동을 하고, 대학 동창과 송년회를 하는 그의 연말은 여느 20대와 다를 바 없다.

또 평소 젊었을 때의 경험을 살려 각종 매체에 글을 기고하기도 한다. 동창들과 천연기념물로 지정된 전국의 나무들을 찾아보고, 그와 관련된 책을 펴내기도 했고, 최근에는 지역 구청에서 노인들을 대상으로 진행한 프로그램에 참여해 자서전도 발간했다.

그의 삶은 서울과 강원도로 나뉜다. 농번기에는 농사를 짓는 횡성에서, 농사일이 없는 추운 겨울에는 서울에서 지내고 있다. 최근에는 가족과 친척들이 먹을 정도의 작물만 재배하는 그는 어린 시절의 꿈을 드디어 이루는 중이라며 활짝 웃는다.

"노년기에 할 일도, 갈 곳도 없이 무료해지는 것이 노인들의 가장 큰 걱정"이라고 말하며 지루한 삶을 피하기 위해 소일거리를 끊임없이 만들고 있다.

노인의 앞에 막막하게 펼쳐진 시간의 바다에 대처하는 방법은 간단하다. 바쁘게 살아야 한다는 것. 전문가들도 다음과 같이 충고한다.

- 하루의 계획을 촘촘히 짜고, 일주일, 한 달, 1년의 계획도 짜라.
- 운동과 공부, 사람들과의 만남 등으로 하루를 가득 채워라.
- 이런저런 친목 모임에도 열심히 나가고 기회가 되면 새로운 모임에도 가입하라.
- 1년, 2년, 3년, 5년 후 계획도 짜라.

• 여행 계획도 미리미리 짜라. 여행 계획을 세우면 그날을 기다리는 시간들이 즐거워지는데 일찌감치 계획 세운 여행을 상상하면서 지내면 즐거운 기분이 더 길어질 수 있다.

활기차고 즐겁게 생활하기 위해서는 정기적인 외출로 남들 눈에 자주 나를 비추는 것이 중요하다. 자극을 받기 때문이다. 그러다 보면 남의 눈을 의식하게 되고 내 몸에 좋은 자극이 된다.

특히 젊은 사람이나 이성과 함께하는 모임에 나가는 게 좋다. 조금이라도 더 젊게, 더 세련되게 보이고 싶어지기 때문이다. 옷에도 신경을 쓰지만 스타일도 의식하게 된다. 배에 힘을 주고, 기분으로나마 어깨를 뒤로 당기고, 턱을 앞으로 끌어내려 꼿꼿한 자세를 만들려고 노력하게 된다.

복지관 예찬

사는 곳 주변에 있는 복지관이나 노인 시설, 문화회관, 주민센터, 도서관 등에는 노인들이 참여할 수 있는 프로그램이 있다. 많은 비용이 들지 않으면서도 바쁘게 스케줄을 만드는 쉬운 방법이다. 거기에서는 학습, 운동, 만남 등 모든 것이 가능하다. 나이를 먹으면 삶의 의욕을 북돋아 주고 마음이 통하는 친구가 줄어들게 마련인데 새로운 친구들도 만들 수도 있다.

복지관에 가면 문화나눔터에서 친구들을 만날 수 있고 건강 관리실에서 진료를 받을 수 있다. 법률·세무 문의가 가능한 상담실과 자원봉사자실도 갖춰져 있어 궁금하거나 고민거리가 있으면 언제든 도움을 청할 수 있다.

체력 단련실에서 근육 운동과 유산소 운동을 하다가 함께할 사람이 있으면 바둑실에서 장기나 바둑을 두면서 시간을 보낼 수도 있다. 탁구장과 당구장까지 다 갖춰져 있으니 오락과 여가를 함께 즐길 수 있다. 정원에서 산책을 하고 계절마다 바뀌는 자연의 변화를 느낄 수 있다.

무엇보다 배우고 익히고 싶은 것들에 얼마든지 빠져들 수 있다는 점이 복지관의 매력이다. 교양, 어학, 건강, 문화예술 그리고 정보화 교육까지 수십 개의 프로그램이 진행되고 있다. 강좌 2~3개만 참여하면 스케줄은 엄청 빡빡해진다.

동네에 노인복지관이 없어도 문화센터나 주민센터에서 각종 문화 프로그램을 운영하고 있다. 많은 고령자들이 여러 강좌를 들으면서 바쁘고 신나게 살고 있다. 이들에게는 활기와 웃음이 떠나지 않는다.

'백수가 과로사 한다'고 다들 어찌나 바쁜지 이들과 약속을 잡기가 쉽지 않다.

도서관 예찬

나는 이 책을 준비하면서 동네 도서관 두 곳을 번갈아 이용했는데(정기휴관 요일이 다른데다가 분위기나 주변 환경도 많이 다르다) 도서관을 이용할 때마다 고마운 마음이 절로 샘솟는다.

여유 있는 열람실은 말할 것도 없고 전원을 사용할 수 있는 전기박스가 있는, 널찍하고 깨끗한 책상만 해도 수십 석이나 있다. 해가 잘 드는 커다란 창가에서 노트북 전원을 연결하고, 휴대폰 충전도 동시에 하면서 글을 쓰다가 자료가 필요하면 인터넷을 검색하기도 하고, 정수기의 뜨거운 물을 받아서 차나 커피를 타 마시기도 한다. 그러다 지치면 서고를 누비며 이 책 저 책을 뽑아 보기도 하고, 신문이나 잡지를 뒤적거리면서 머리를 식힌다. 간행물들이 놓여 있는 널찍한 휴게실에서 준비해 간 간식을 먹기도 한다. 이 모든 것이 공짜이다!

도서관에는 비정기적으로 각종 강연이나 탐방 프로그램도 마련되어 있다. 나는 가끔 관심이 가는 강연을 들으면서 지적 호기심을 채운다. 내가 사는 지역을 탐방하는 프로그램에 신청해서 따라가 봤더니 쾌적한 대형 버스에, 훌륭한 전문 강사님의 강의에, 맛난 간식까지 먹으면서 아주 흐뭇한 시간을 보내고 왔다. 이 또한 모든 것이 공짜였다!

나는 갈 때마다 밝은 조명과 전기와 물, 와이파이가 포함된 훌륭한 시설을 이용하는 데 단 돈 1원도 들지 않는 게 너무 신기하고 감사하다. 한동안 후진국에서 생활하다 돌아온 나로서는 '우리나라 좋은 나라!'라는 말이 절로 나온다. 도서관을 이용하면서 나는 없던 애국심이 많이 생겼음을 고백한다.

도서관을 이용하는 사람들을 보면 나이 지긋한 중장년층뿐 아니라 노년층도 적지 않다. 도서관으로 출퇴근하는 노인이라면 고독하거나 우울증에 빠질 일은 없을 것이다.

시골 가서 살기

자기가 사는 지역에서 바쁘고 즐겁게 사는 방법도 많지만 사는 지역을 옮겨서 보람 있는 일을 찾아보는 것도 방법이다.

어느 날 집으로 돌아오는 차 안에서 라디오를 들었는데 진행자가 한 사연을 소개하고 있었다.

"저는 귀촌한 지 4년차 된 사람입니다. 올해가 되어서야 농업인으로 등록하고 요즘은 교육을 받으러 다닙니다. 이제 봄이 되면 어떤 작물을 심고 키울지 기대가 됩니다. 귀촌 후 우리 가족은 저녁이 있는 삶으로 바뀌었습니다. 행복합니다."

유상오 한국귀농귀촌진흥원 원장은 3,000만 원으로 은퇴 후 남은 인생을 행복하게 살 수 있다고 말한다. 조금 느리고 소박하게, 불편하지만 시골에서 자연과 더불어 살아가는 것이 가치 있는 일이라고 받아들인다면 오히려 행복해질 수도 있다고 한다.

실제로 은퇴자들 사이에 귀농귀촌의 행렬이 끊이지 않는다. 매년 3만 가구 이상이 도시를 떠나 시골에서 새로운 인생을 시작하고 있다. 은퇴예정자 두 명 중 한 명은 은퇴 후 귀농귀촌을 하고 싶어 한다.

귀농귀촌 관련 블로그를 보면 시골에서는 돈을 벌기가 힘들기 때문에 여윳돈이 없으면 시골 생활도 힘들다는 의견이 있다. 하지만 귀농해서 돈을 벌 생각을 하면 당연히 힘들고, 소박하고 여유 있는 생활을 하려고 하면 충분히 권할 만하다는 의견이 대세를 이룬다.

도시에서는 생활비가 한달에 230만 원 정도 드는데 비해 시골에서는 제 먹거리 정도 생산하는 작은 텃밭이라도 경작하고 살면 생활비가 월 100만 원도 안 든다고 한다.

60세를 넘어가면 도시에서는 노동력을 거의 상실한 사람으로 취급한다. 사업이나 임대업이라도 하고 있지 않는 한 도시에서 할 만한 일은 경비원 정도이다. 그러나 시골에서는 60세면 청춘이다. 필요하면 가끔 남의 농사일을 거들어 용돈을 벌 수도 있다고 한다.

그러나 다른 것도 마찬가지지만 준비 없이 덜컥 일을 저지르는 것은 위험하다. 귀농귀촌을 하는 사람들도 늘고 있지만 농촌 생활에 적응하지 못해 역귀성하는 사람들도 늘고 있다. 50~60대 뿐만 아니라 30~40대의 귀농귀촌이 급증하고 있는 지금 귀농귀촌을 생각해 본 은퇴 준비자라면 미리미리 관련 지식을 쌓고 성공 전략을 짜야 한다고 선배 귀농인들은 충고한다.

외국 가서 살기

세상은 넓고 가 볼 곳도 많다. 여행 자유화가 된 지 수십 년이 지난 지금, 여행의 성격도 많이 변했다. 여행 경험과 여행 정보가 넘쳐 나고, 그만큼 여행지도 다양해지고 여행 기간도 길어졌다. 여행 형태도 단체여행에서 가족 단위나 친지 두서너 명 또는 혼자 하는 배낭여행의 비중이 늘었다. 나이 든 사람들도 자유여행, 배낭여행의 대열에 뛰어든 지 오래다. 인터넷으로 저가 항공권이나 숙박업소를 예약하는 것도 젊은이들 못지않게 능숙한 고령자가 늘어간다.

주제가 있는 여행

당연히 여행의 목적도 단순 관광에서 벗어나고 있다. 미술관 순례, 성지 순례, 사진 찍기나 그림그리기, 글쓰기 등 자신의 능력을 활용하거나 능력을 좀 더 높이기 위한 목적을 갖고 주제가 있는 여행을 하는 사람들이 늘어난다.

수년 전 아들이 유학하고 있는 영국에 가서 아들은 잠깐 보고 기차를 타고 영국 일대를 20일간 여행한 적이 있는데, 에든버러의 한국인 게스트에서 몇 달째 머물며 글을 쓰고 있는 한국인 중년 여성을 만난 적이 있었다. 급하게 서두를 것 없는 언행 하나하나 아주 여유로워 보였다.

영국의 북쪽 지방 인버네스에서는 아일랜드에서 한 달간 머물다가 막 넘어왔다는 또 다른 한국 중년 여성을 만났는데 조그만 체구에 자기 덩치만 한 배낭을 메고는 씩씩하게 돌아다녔다. 그녀는 그림을 그리며 다니고 있었다.

이들처럼 글을 쓰거나 그림을 그리는 사람이 아니더라도 큼직한 카메라를 메고 멋진 사진을 만들기 위해 여기저기 돌아다니는 여행자들도 흔히 볼 수 있다.

일정 기간 살기

내 친구 중 하나는 작년 겨울 태국 치앙마이에 가서 한 달 살고 오더니 올 겨울에는 멕시코에 두 달 예정으로 가 있다. 일찍 남편과 사별한 후 아들딸 남매를 키워 내고 그 아들딸이 모두 취직을 하자 그야말로 날개를 달았다. 그는 정기적으로 가고 싶은 나라를 찍어서는 현지 사람처럼 살아 보기로 했다.

요즘 서점에도 '○○에서 한 달씩 살아보기'라는 주제의 책들이 많이 나와 있는 걸 보면 그런 사람이 한둘이 아닌 모양이다.

나 또한 재작년에 남편이 잠시 일하러 가 있던 네팔에 한 달씩 두 번, 아들이 일하러 가 있던 튀니지에 한 달 그리고 친구와 둘이서 뉴욕의 한인민박집에서 한 달씩 살아보았다.

한국의 겨울은 너무 추워서 난방비가 엄청 든다. 남편이 미얀마를 여행했을 때 만난 60대 중반의 남성은 매해 겨울 동남아로 떠나서는 서너 달 지내고 날이 풀리면 돌아온다고 한다. 날씨도 따뜻한 데다가 물가가 싸서 한국에서의 난방비 정도면 거기서 생활을 할 수 있을 정도라고 하니 거기에 가면 돈을 모아서 돌아오는 셈이다.

봉사 활동

국어 교사를 하다가 은퇴한 나는 코이카 해외봉사단에 지원해서 캄보디아 바탐방 대학교에서 2년간 근무한 적이 있다. 코이카에서는 자국 봉사단원의 안전을 최우선으로 생각해 보호하고 관리해 주고 있어서 상상했던 것보다 좋은 환경에서 일할 수 있었다. 코이카에서 지원하는 거주비 300달러(30만 원)로, 한국에서 월세 100만

원짜리 원룸보다 좋은 곳에서 살았다. 물가도 저렴해 코이카에서 지원하는 생활비로 충분히 지낼 수 있었다. 물론 근무지 환경에 따라 고생을 하는 단원들이 훨씬 많다.

지나간 시간을 돌이켜 보면 누구나 힘들었던 것은 잊어버리고 좋았던 것만 남아 있기 마련이지만 나 역시 캄보디아에서 살았던 그 2년의 시간이 너무나 소중하고 아름답다. 기회가 되면 캄보디아든 다른 나라든 또 봉사하러 나가고 싶다.

유학 또는 연수

은퇴 후 해외 유학의 꿈을 이룬 사람들이 있다.

프랑스로 유학을 간 이관영 님도 이에 해당한다. 그는 50대 후반에 회사를 그만두고 프랑스로 미술 유학길에 올랐다. 화학자로서의 경력을 접고 나이 먹어 생소한 분야에서 새 출발을 하려는 그를 가족과 주변 사람들은 모두 말렸다.

"왜 그 나이에 사서 고생하냐는 말도 들었지요. 가만히 있으면 편하긴 하겠지만 모든 것을 놓아 버리고 그냥 노년을 기다리는 것은 참을 수가 없었어요."

프랑스 보르도에 도착한 그는 불어가 부족해 미술 학교에 바로 들어가기는 어려워서 일단 보르도의 소믈리에 학교를 다니며 불어 공부도 하고 프랑스 생활에 적응하려는 계획이었다.

그는 유학 생활이 고생스럽고 아직도 수업을 따라가는 건 벅차지만 먼 훗날 지금을 돌이켜볼 때 늦었다고 포기해서 후회할 일은 없을 테니 그것만으로도 만족한다고 말한다. 유학 비용은 자녀들에게 교육비를 대주는 셈 치고 자기 자신에게 투자한다고 한다.

젊은 시절에 하고 싶었던 것을 참고 돈을 벌어서 자녀들을 키우고 나니 이제 자기를 돌아볼 시간이 생겼다. 평생 가슴 속에 품었던 꿈을 펼치기에 좋은 시간이 된 것이다. 무엇보다 새롭게 시작해서 전문가가 될 수 있는 충분한 시간이 그에게 남아 있다.

60대 중반에 변호사 일을 관두고 미국에 유학 가서 73세에 물리학 박사 학위를 딴 강봉수 전 서울지방법원장은 쉽게 따라 하기 어려운 경우이다. 성공한 법관이었던 그가 어느 날 미국 머시드 캘리포니아대 대학원 물리학과 석·박사 통합 과정에 입학했다. 고등학교 때부터 마음에 품고 있던 물리학자의 꿈을 이루기 위해서였다.

그 후 7년, 한국에 한 번도 오지 않고 학업에 전념하여 물리학 박사 학위를 받았다.

그는 경제적인 문제가 어느 정도 해결된다면 학창 시절을 떠올려 보라고 권한다. 그러면 내가 무엇을 좋아했는지, 꿈이 뭐였는지 기억이 나고, 하고 싶은 것이 정해지면 과감히 뛰어들어 보라고 한다. 나이가 들면 신경 쓸 게 별로 없어 한 가지에 정진하기가 더 쉽다고 강조한다.

머리도 좋고, 경제력도 있는 두 사람처럼 되라고 모두에게 권하기는 어렵다. 그러면 좀 더 현실적인 방법에 대해 알아보자.

일본에서 '시니어 해외유학'이 유행하고 있다. 이는 주로 영어 등 다른 나라 언어를 배우는 해외 어학연수 프로그램으로, 짧게는 3주에서 길게는 3개월까지 현지에서 생활하며 언어도 배우고 현지 문화도 체험할 수 있다. 이탈리아어를 배우며 유서 깊은 와인 학교 견학도 하고, 영국에서는 세계적으로 유명한 정원들을 체험하며 영어 공부를 하는 식이다. 하와이에서는 서핑을 즐기며 요가와 요리도 배울 수 있다. 앞으로 우리나라도 이런 프로그램이 많이 생길 것이라는 생각이 든다.

나도 전부터 이 여행 연수에 관심이 많았다. 몇 년 전 해외봉사를 하면서 만난 후배 교사가 코이카를 지원하기 전에 필리핀, 캐나다, 남아프리카 공화국, 호주, 이렇게 네 나라를 각각 6개월씩 영어 연수를 했다고 하는 말에 귀가 번쩍 트였다. 캄보디아 봉사를 마치고 나서 하고 싶은 일이 생긴 것이었다.

한국에 있는 남편에게 전화했다.

"나 돌아가서 할 일이 생겼어요. 이러이러한 나라들을 3~6개월씩 살면서 영어도 배우고, 여행도 하는 거야. 4개국을 돌면 2년이네."

그때 여행을 좋아하는 남편이 말했다.

"아, 뉴욕이 세계의 중심이니까 뉴욕을 꼭 넣도록 해요. 그리고 영국도 넣어서 3년을 해 봐."

쿨한 남편이다. 크크.

캄보디아에서 돌아온 지 2년이 되어 가는데 그간 주변 상황이 많이 달라져서 아직도 그 계획을 실천하지 못하고 있다. 그러나 언젠가 여행 연수를 꼭 할 거다. 어디를 가서 얼마 동안 지낼까를 상상하는 것만으로도 즐거워진다.

배워서 남 주는 큰 보람,
봉사 활동

봉사 활동으로 얻은 것

내가 2년간 대학생들에게 한국어를 가르치며 생활했던 캄보디아는 가난한 동남아시아 나라와 마찬가지로 한국어를 배워서 한국에 일하러 오거나 한국계 회사에 입사하길 바라는 젊은이들이 넘쳐나는 나라이다. 1년 내내 덥거나 아주 덥거나 두 가지 기후에, 교통이나 편의시설 등도 많이 부족해서 생활하기 힘들다는 것은 감수해야 했다.

하지만 그들에게 준 것보다는 내가 받은 게 더 많다. 우선, 은퇴 후에도 의미 있는 일을 하고 있다는 생각에 자존감과 보람을 느꼈다는 것이 무엇보다 큰 보상이다. 또 봉사자로서의 자세, 특히 한국을 대표하는 사람으로서의 자세를 갖추기 위해 늘 건강하고 긴장된 삶을 유지하려고 노력하다 보니 오히려 삶의 질이 높아졌다고 느꼈다. 그리고 외국과 외국인에 대해 이전보다 훨씬 더 수용할 수 있는 세계인이 되었다는 자부심도 생겼다. 무엇보다 혼자서 세계 어디라도 여행할 수 있고 어디에서라도 살 수 있다는 자신감을 가지게 되었다.

봉사도 해본 사람이 계속 한다

여행에, 코이카 생활에, 가족들이 일하는 나라 방문에, 은퇴 후 바쁘게 여러 나라를 돌아다니다가 지난해에 비로소 한국에서 보내는 시간이 많아졌다. 그러다 보니 지역의 문화센터 프로그램도 이용하게 되고, 공무원연금공단에서 보내 주는 이런저런 정보도 받아 보게 되었다.

몇 달 전에는 공무원연금공단 경인센터에서 은퇴자들의 봉사단(상록봉사단)을 새롭게 정비하는데 참여할 사람은 신청하라는 문자를 받았다. 학교 안전 강사, 탈북 주민 지원, 상담, 소외 계층 학습 지도, 숲 해설, 음악이나 마술 공연 봉사 등 다양한 분야가 있었다.

그동안 해 왔던 일과 완전히 다른 일을 해 보고 싶어서, 무엇보다 재미있을 것 같아서 '마술 공연 봉사' 부분을 신청하고는 전체 신청자 연수에 나가 보았다. 그날은 100여 명이 참석했는데 대부분의 참석자들이 이미 여러 가지 봉사 활동을 하고 있는 사람들이라는 사실에 놀라지 않을 수 없었다.

초등학교 교장 선생님으로 은퇴한 70대 초반 현상국 님은 3년 전에 이미 마술 교육을 받았다고 한다. 인천 마술봉사단에 소속되어 지금까지 수많은 마술 공연 봉사를 해 왔다. 어린이집, 노인 시설, 장애인 시설 등이 그의 마술 공연 장소였다. 그는 좀 더 잘하고 싶어서 따로 거금을 투자해 전문가에게 마술을 더 배우기도 했다. 관련 의상이나 마술 도구 구입비도 만만치 않지만 즐겁게 하고 있다. 매일 오전에는 어린이집 도우미로 나가고, 인천 나비공원에서 숲 해설가로도 봉사 중인 그는 하루도 스케줄이 비는 날이 없다.

70대 김영희 님은 초등 교사를 퇴직하고 65세까지 기간제 교사를 하고 난 이후에 뒤늦게 한국무용과 민요를 배웠다. 지금도 계속 배우는 중인데, 어느 정도 수준이 올라 부르는 곳이면 어디든지 가서 공연 봉사를 열심히 하고 있다. 이번에 또 새로운 분야의 봉사를 더 하고 싶어서 마술 봉사 신청을 했다고 한다.

60대 중반의 조성철 님은 경찰 공무원을 퇴직하고 경험을 살려 학교 안전 강사, 위기 노인 생명지킴이 등의 봉사 활동을 하고 있으면서 역시 또 다른 분야의 봉사를 더 하고 싶어서 신청했다고 한다.

다들 봉사 활동이 얼마나 보람되고 즐거우면 이미 여러 가지 봉사를 하면서 또 새로운 것을 배워서 더 하려고 할까?

은퇴 후 컴퓨터 강사가 된 60대 후반의 박정수 님은 무료로 노인들에게 컴퓨터를 가르친다. 장애인을 위해 컴퓨터 수리도 무료로 해 준다.

그는 '이제까지 건강하게 내 인생은 충분히 누렸어. 난 너무 많은 것을 받았어. 이제부터 다른 누군가에게 갚으면서 살아야지.'라는 마음으로 살고 있다. 그는 자기 자신을 위해 살아온 인생을 제1의 인생이라면 다른 사람을 위해 봉사하는 제2의 인생을 살고 싶다고 한다.

얻는 게 더 많은 봉사 활동

올해로 개원 45주년을 맞은 사상치과의원 임진규 원장. 칠순이 넘은 나이에 아직도 현역 의사로 오랜 고객들의 주치의로 든든한 믿음을 주고 있다. 그는 최근 정부 지원에도 불구하고 형편이 어려워 틀니를 못하는 노인들을 대상으로 무료 틀니 맞춤 서비스를 펼치고 있다.

"아직까지 건강하고 일할 수 있을 때 봉사도 열심히 해야죠. 더 나이 들어 이 일에서 손 놓고 나면 돕고 싶어도 못 돕잖아요? 그래서 더 열심히 봉사하고픈 욕심이 생깁니다."

봉사를 하면 우선 내가 즐겁고, 고마움을 표시하는 사람들을 보면 보람을 느낀다고 한다. 아울러 나의 손이 필요한 곳이 있고 베풀 곳이 있다는 것에 감사하며 스스로 존재감을 확인하게 된다는 임 원장은 봉사를 하면 건강해진다며 활짝 웃었다.

70대 초반의 강신자 님. 2006년 국립중앙도서관이 주관하는 '작은도서관 지원사업' 공모에 선정돼 지원금 1억 5,000만 원으로 광주 동림동에 작은도서관을 개관했다. 동사무소 3층 80평에 도서관을 운영하고 주간에는 주부들을 대상으로 헌옷 리폼 사업 등 각종 프로그램을 운영하고 있다. 그녀는 지난 10년 동안 작은도서관 명예관장을 맡아 왔다. 유치원 아이들, 청소년, 주부, 취업 준비 중인 어르신까지 수많은 사람들이 도서관을 애용했다.

"나는 꿈이 있어 행복합니다. 나이 70이 넘은 할머니가 젊은 사람처럼 바쁘게 사는 이유는 나 역시도 소녀처럼 꿈이 있기 때문이지요."

"제가 건강하게 활동할 수 있는 그날까지 저는 끊임없이 새로운 목표에 도전할 거예요."

노인 봉사자들은 봉사 활동을 하면서 많은 것을 얻어가고 있다. 스스로 쓸모 있는 사람이라는 생각만큼 큰 상은 없을 것이다. 봉사 활동을 하면 긍정적 자아 개념을 유지하고 자존감이 올라간다. 노년기의 소외감과 고독감을 줄이고 새로운 인간관계와 사회적 관계를 만들 수 있다. 육체적 건강뿐 아니라 정신 건강도 유지할 수 있는 것은 물론이고 오히려 건강 상태가 더 나아질 수 있다. 또한 봉사를 위한 교육 프로그램에 참여할 기회를 얻어서 개인적인 능력과 기술이 향상되는 효과도 있으니 금상첨화이다.

그 외 지역 사회에 주는 이점으로는 노인이 되어도 봉사하는 모습을 사람들에게 보여줌으로써 노화와 노인에 대해서 긍정적으로 생각하게 할 수 있고, 지역 사회의 인적 자원을 보충하여 사회를 발전시키는 데 기여한다.

특히, 서비스 수혜자가 노인인 경우 노인을 더 잘 이해하고 친근감과 심리적 안정감을 느끼게 할 수 있어서 결과적으로 더 효과적인 봉사를 할 수 있다.

이 글을 쓰는 사이 틈틈이 배우러 다녔던 마술 교육이 끝나고, 이제는 공연 도우미로서 현장에 나가고 있다. 주로 경로당이나 요양원으로 공연을 나가는데 같이 가는 일행들이 고전 무용 공연도 하고 트럼펫 등을 이용해 흥겨운 음악도 들려준다. 흥에 겨운 노인들은 가운데로 나와서 몸도 흔든다.

거기서 만나는 분들은 공연을 보는 것도 좋아하지만 사람들이 방문해서 같이 시간을 보내 준다는 사실 자체를 더 즐거워하고 있다. 그 모습을 보니 육체 노동이 동반되는 봉사를 피하고 너무 편한 걸 택한 건 아닌가 하고 은근히 자책하던 마음이 사라졌다. 외로운 사람들에게 시간을 내 주는 자체가 보람된 봉사 활동이었다. 그리고 마술 모임의 회원들은 정기적으로 만나서 실력을 계속 쌓아 가고 있다. 나는 오늘도 성장한다.

공동체가 답이다

생활공동체

30명 남짓한 주민 대다수가 65세 이상인 경남 의령군의 평촌마을에는 독거노인들이 함께 모여 사는 생활공동체가 있다. 외롭게 혼자서 생활하던 노인들이 의령군의 주선으로 가족처럼 지낸 지도 벌써 3년째이다.

공동체 대표 최영분 님은 공동생활을 시작한 후 마을 분위기가 확 달라졌다고 말한다. 한 할머니는 "경로당에서 나오는 돈도 있지만 이집 저집 자녀들이 보내 주는 용돈으로 함께 먹을 것을 사 먹는다. 단풍놀이로 사방 군데 안간 곳이 없고 올해는 내장산으로 가려고 준비 중이다. 우리 마을은 참 행복하다"고 말한다.

주민들은 생활공동체 거주자가 아니더라도 자연스럽게 경로당에 모여 함께 음식을 나눈다. 자주 왕래하면서 서로 안부를 묻고 혹 누가 보이지 않으면 전화로 찾다 보니 사회 문제가 되고 있는 고독사는 이 마을에서는 있을 수 없는 일이 되었다.

전남 순천시 상사면 비촌마을 9988 쉼터도 독거노인 생활공동체이다. 순천시는 대부분 경로당과 마을회관, 빈집 등을 개조해 활용하고 있는데 2018년까지 생활공동체를 100곳으로 늘려 운영할 계획이다.

기본적인 운영 방향은 경남 의령군과 비슷하지만 각종 요가, 체조, 치매 예방 교실 등 각종 교육 프로그램을 개설해 운영하는 것이 큰 특징이다. 또 관내 각 봉사 단체와 연계해 장보기나 청소 등 각종 서비스를 지원하고 있다.

서울 금천구 보린주택도 독거노인들에게 자치 단체에서 마련해 준 공동체 주택이다. 저렴한 임대료로 공용 거실과 독립된 방을 제공하고 있다.

임점덕 님은 "너무 좋지, 너무 좋아. 천국에 온 것 같지. 깨끗하지, 햇빛도 들어오지, 예전에는 지하방에서 문 닫고 혼자 있으면 죽은 사람이랑 똑같았거든."이라고 한다.

공동 거실에서는 이야기 소리가 끊이지 않는다. 의지할 곳 없는 노인들이 서로 말벗이 되어 주고 살맛이 생겼다고 한다.

일본에서는 이미 오래 전부터 개인 사생활도 보장되면서 필요하면 함께하는 '따로 또 같이'식 공동체를 만들어서 반응이 무척 좋다고 한다.

마을기업 할매 묵공장

메밀을 잘 씻어 곱게 간 뒤 물을 붓는다. 이렇게 만든 메밀 앙금을 오래 끓인 뒤 식히면 탱글탱글한 묵이 완성된다. 이렇게 만들어진 묵은 만들기 무섭게 전국으로 팔려 나간다. 수익의 10퍼센트는 이웃을 위해 나누고 있다.

묵을 만드는 사람은 경북 영주의 할머니들이다. 수해민들이 모여 살던 무허가 정착마을을 도시재생 사업지로 선정하면서 만든 마을기업 소속이다. 50년 지기 친구들인 70대 할머니 모두가 조합 이사이다.

권분자 할매 묵공장 대표는 다음과 같이 말한다.

"이전에는 안전댁, 예천댁 이렇게 불렀거든요. 지금은 공장에서 일하니까 임 이사님, 박 이사님 이렇게 부르고 있어요. 남들 듣기에도 좋고……."

각종 화학 첨가물은 넣지 않고 지역에서 나는 재료만 사용한다는 자부심이 크지만 태어나 처음 하는 직장 생활의 즐거움도 크다.

엄옥화 님은 "월급날을 기다리죠. 돈이 나오면 모아 놓았다가 손자나 손녀들 오면 주고……. 그 재미죠. 재미있어요."라고 했다.

제2막 인생 설계 돕는 기관

마케팅컨설팅회사 CEO까지 지내다 회사 사정이 안 좋아져서 그 책임으로 63세에 원하지 않았던 은퇴를 한 김은수 님. 그는 은퇴 쇼크로 우울증에 걸려 나쁜 생각까지 하면서 5년을 방황했지만 공동체 활동을 통해 은퇴 쇼크를 극복했다.

서울의 한 대학교 '액티브 시니어 교실'. 베이비붐 세대들의 인생

설계를 돕는 모임이 있다. 김은수 님은 이곳에서 우울의 긴 터널을 빠져나왔다. 강의실에서 만난 동기생들의 경험담은 남의 얘기가 아닌 바로 자신의 이야기였다. 서로의 삶에 대한 이해와 공감을 나누며 혼자가 아님을 깨닫고 함께할 수 있다는 것을 배웠다.

서울시 도심권 50플러스센터는 퇴직 전후 장년 세대의 사회 참여 활동과 일자리 창출을 통해 성공적인 인생 후반기 지원을 목표로 운영된다. 새로운 노년 문화를 만들어가기 위해 전문가 양성, 커뮤니티 지원, 다양한 교육 프로그램을 운영하고 있다. 그 중 인큐베이팅 사업은 5060세대의 사회 참여 활성화를 위하여 NPO 사회적 기업^{Non-Profit Organization}(사회 각 분야에서 공익 등을 목적으로 설립되어 자발적으로 활동하는 비영리 민간 단체. 우리나라에서는 NPO보다는 NGO^{Non-Goverment Organization}라는 용어가 더 널리 쓰이고 있다.), 마을기업, 협동조합 등의 설립을 안정적으로 추진하고 사업을 통해 공동체에 기여하는 활동을 지속할 수 있도록 지원해 준다.

서구의 공동체 운동

"웃으면서 죽을 수 있는데 왜 슬프게 외롭게 죽으려고 하십니까?"

이것은 덴마크의 노인 주거공동체 '삼보 니 하우니스든^{Sambo I}' 에 입주한 노인들의 슬로건이다. 이는 입주자들의 사생활이 보장되면서 공동체 생활을 하는 협동 주거 형태인 코하우징^{Co-housing}으로, 앞에 나온 생활공동체와 비슷하다. 각 세대마다 개별적인 주거 공간이 있고 복도와 식당, 테라스, 세미나실은 공동으로 이용하고 있다.

이곳에는 입주자들이 꼭 지켜야 할 규칙도 있다. 첫 번째는 일주일에 한번 공동 식사에 참여하는 것이고, 두 번째는 한 달에 한번 정기 모임에 참여하는 것, 마지막 세 번째는 공동생활을 위한 그룹에 하나 이상 참여하기이다.

또한 소그룹 활동도 활발하다. 산책하기, 자전거 타기, 재즈음악 연주하기 등 각종 취미 그룹이 있다. 공동생활 공간을 꾸미는 팀, 방문객들에게 정보를 제공하는 홍보단도 존재한다. 소풍이나 강연 등 입주자들을 위한 활동을 결정하는 협의회는 물론 중요한 안건을 결정하는 이사회, 분야별 의견을 모으는 위원회 등도 있다. 작은 집단이지만 하나의 사회가 형성되어 있는 것이다. 입주자들은 지금 워낙 활동을 많이 하고 참여하고 있는 모임이 많아 시간이 모자라다며 외로울 시간이 없다고 말했다.

베이비붐 세대들의 은퇴가 사회적 이슈가 되면서 우리보다 먼저 고령화를 맞이했고, 그들의 은퇴 고민을 겪은 서구 사회에서 해결책의 단서를 찾아볼 수 있다. 바로 '공동체 운동'이다.

초고령사회를 눈앞에 둔 프랑스의 베이비붐 세대들은 공동체에서 제2의 인생을 시작하고 있다.

프랑스 전통의 도시 아비뇽. 따뜻한 남부 지방의 아름다운 경치 속에 은퇴촌이 있다. 정원을 따라 이어진 단층 건물들. 은퇴를 한 이들은 함께 취미 생활을 나누며 삶을 즐긴다.

군인으로 은퇴한 후 이곳의 시설 관리를 맡고 있는 장 이브뺀토 님. 일주일에 3일은 자전거를 타고 은퇴촌에서 일을 본다. 1년에 7,000킬로미터씩 자전거로 달리는 자전거광이기도 한 그는 매주 한 번 인근 학교에서 학생들의 자전거 수업 강사로도 봉사 활동을 한다.

"은퇴를 하고 나니 일을 하던 은퇴 전보다 시간이 더 없어요. 은퇴 전보다는 더 차분하고 다른 방법으로 세상을 보게 되지만 활동하지 않으면 안 됩니다. 저는 항상 할 일이 있습니다."라고 말했다.

교육공동체

영국 페첨에 위치한 노인대학 U3A. 이 대학은 서로의 재능 기부로 각자가 강사가 됐다가 수강생이 되기도 한다. 스스로 공동체를 만들기에 나선 U3A 노인들은 정부나 자치 단체에 의존할 생각이 없었다. 이안은 정년 이후 지역 노인들과 그룹을 만들었다. 이곳에서는 학비도 강사료도 필요 없다. 수업 공간을 빌리는 1파운드만 있으면 하루를 살기에 충분하다.

마리 코번 의장은 U3A에 대해 이렇게 설명한다.

"U3A에서 흥미로운 점은 아무도 이전에 어떤 직장에서 어떤 일을 했는지 굳이 이야기하지 않는다는 점입니다. 모두 동등한 위치에서 모임을 진행하지요. 그래서 서로 소통하는 데 열등감 따위는 존재하지 않고 열정만 있으면 누구든 즐겁게 참여할 수가 있습니다."

1978년부터 독일 베를린의 한 의과대학에서 운영해 큰 호응을 얻었던 한 노인대학은 1989년부터 운영이 어려워지게 되었다. 그러자 이 대학을 유지하기 위해 노인들이 자발적으로 '프로 제니오레스'라는 조직을 만들었다.

프로 제니오레스는 베를린 전역에서 문학, 예술, 철학, 심리학, 음악, 산책 등 35종 90여 개의 수준별 강의 프로그램을 제공하고 있다. 처음 12명으로 시작해 지금은 1,100여 명의 회원이 활동하고 있으며 회원들의 평균 연령은 74세이다.

이처럼 많은 프로그램이 운영되지만 한 달 회비는 단돈 2유로, 우리 돈으로 2,500원 정도이다. 적은 비용으로 운영이 가능한 것은 운영자와 프로그램 강사 등이 대부분 자원봉사로 참여하기 때문이다. 지역의 대학이나 고등 교육 기관들이 장소와 전문 강사를 지원하면서 협력한다.

일본의 NPO 운동

일본에서는 비영리 민간단체 NPO 법인을 만들어 느긋하게 지역 활동을 하는 개인들이 엄청나게 많다고 한다.

예를 들면, 퇴직자들이 NPO를 만들어서 인터넷 어린이 교실, 전자마을 모임, 발달 장애인을 위한 컴퓨터 교실, 주간 노인 보호 센터 등을 운영하는 식이다.

이들은 폐점한 카페를 빌려서 1층은 치매 전문 일일간호센터와 장애자가 일하는 작업실로 하고, 2층은 지역교류센터를 만들어서 다양한 문화 활동을 펼치기도 한다. 컴퓨터, 그림엽서, 태극권, 체조, 종이접기 등 강좌가 진행하는데, 참가비는 300엔(3,000원)이다. 많은 사람들이 이곳으로 속속 모여들어 지역 주민을 묶어 주는 아주 중요한 커뮤니티가 되었다.

운영은 시민이 하고 행정은 동사무소의 힘을 빌려서 진행되는 일본의 한 시민아카데미는 140개 강좌에 3,000명이 수강하는 대단위 규모이다. 하지만 시작은 소수의 인원이 기획했을 뿐이다. 아무리 규모가 큰 그룹이라도 중심인물은 극소수에 불과한 법. 수백 명 넘는 모임도 실질적인 핵심 요원은 두 명뿐이다.

한 사람이라도 좋으니 우선 뜻을 같이할 사람을 찾는 게 중요하다. 일본에서는 부부 두 사람이 중심이 되어 NPO 법인을 만든 후 많은 멤버를 모집한 사례가 흔하다고 한다.

공동체를 향하여

고전평론가 고미숙 교수는 노인이 해야 할 일은 혈연과 가족에 대한 책임에서 벗어나 공동체 전체의 비전과 자기 존재의 근원을 위해 일하는 것이라고 했다. 이 네트워크가 활발해지면 노인과 청년이 계속 소통할 수 있다고 본다. 우리 사회에 지혜롭고 현명한 할머니와 할아버지가 늘어난다면 얼마나 대단한 축복일까?

이수형 청강문화산업대 총장은 "노년 세대는 젊은 세대의 짐이 돼서는 안 된다. 은퇴 이후 30년이라는 긴 시간이 남아 있다."라며 늙고 힘 빠진 노년은 과거의 편견일 뿐이다. 숙성된 지혜로 새로운 문화를 만들고 공동체에 기여하는 노년에 대한 고민이 필요하다고 말했다.

다가오는 고령화 사회에서는 젊은이들이 제공하는 프로그램에 참여하는 것을 넘어 노인들 스스로 공동체를 만들고 운영하는 방향으로 가는 게 바람직하다고 본다. 단순한 배움을 넘어 사회 참여와 봉사로 그리고 다시 공동체 결성과 운영으로 나아가는 것 말이다.

개인의 즐거운 노년을 넘어 공동체의 행복을 향해서.

부록

알아 두면 도움 되는
신노년 시대 알짜 정보

노인 관련 종합정보

대한노인회

http://www.koreapeople.co.kr

대한민국 대표 노인 단체로, 65세 이상이면 가입할 수 있다. 16개 시도 연합회와 1개 직할지회, 244개 시군구지회, 6만 5,000여 개의 경로당, 18개 해외지회가 있다.

노인 취업지원본부, 경로당 중앙지원본부, 노인(지도자, 경로당)대학, 노인 자원봉사지원본부 등을 운영하고 있다.

취업, 봉사 활동, 교육 등에 대한 정보를 얻으려면 살고 있는 지역의 시 도연합회 및 시군구 지회 사무실이나 홈페이지에 방문해서 상담 및 신 청하면 된다.

대한은퇴자협회

http://www.karpkr.org

국제 비정부기구 연계 활동을 하고 있는 미국은퇴자협회를 본떠서 만든 단체로, 비영리 UN NGO이자 대한민국의 시민사회운동 단체이다.

1996년에 미국 뉴욕에서 대한은퇴자협회를 설립하고 2001년에 UN NGO에 가입했다. 2001년에 KARP(대한은퇴자협회) 한국본부를 개설했 고, 2002년에 외교통상부 비영리 민간단체로 등록하여 활발하게 활동 하고 있다. 가입을 하려면 연회비 5만 원을 내야 한다.

100세누리

https://www.100senuri.go.kr:4431/main/main.do

시니어 사회활동 종합 포털사이트이다.

노년층 대상 구인구직 서비스, 취업 관련 교육사업 안내 및 창업, 노년층 건강, 여가, 재무 등과 관련된 정보, 기초연금, 장기요양보험제도, 기초생활보장제도 및 노인돌봄서비스, 복지법 등 노년 복지 정보, 노년층 대상 유명 커뮤니티, 카페, 블로그 및 사이트 소개, 노인 대상 콜센터 및 묻고 답하기 등의 정보를 제공하고 있다.

유어스테이지

https://www.yourstage.com

주식회사 시니어파트너즈가 제공하는 50세 이상 시니어 커뮤니티이다. 건강, 자산 관리, 라이프스타일 등 분야별 정보를 제공하고, 문화 초대 이벤트도 진행하고 있다. 시니어 리포터 등과 같은 활동도 할 수 있다.

50플러스포털

http://50plus.seoul.go.kr

50세 이상 시니어를 위한 서울시에서 주관하는 종합 포털 사이트이다. 평생학습포털 강좌 및 온라인 인생학교, 일자리 및 전문 자원봉사, 문화행사, 커뮤니티 활동 등의 정보를 제공하고 있다.

서부, 중부, 남부 캠퍼스가 있으며 도심권 50+센터, 동작 50+센터, 영등포50+센터, 노원50+센터가 있다.

시니어데이즈

http://www.seniordays.co.kr

시니어 전문 포털 사이트로, 건강 관리 및 자산 관리에 관련된 정보와 요양 시설, 시니어케어, 상조서비스 관련 정보, 맛집 및 여행 정보 등 각종 생활 정보를 제공하고 있다.

KDB시니어브리지센터

www.seniorbridge.or.kr

KDB 나눔재단의 후원을 받아 민간 최초로 설립한 시니어 지원기관이다. 시니어 브리지 아카데미에서는 후반생 설계와 사회 참여를 돕는 교육 과정을 운영하고 있다.

시니어에게 적합한 사회공헌 모델을 발굴해 관련 일자리를 연계해 주고, 시니어 관련 정책, 취 · 창업 정보 등을 제공하며 소그룹 활동 지원 및 기수별 정기모임 개최를 도와준다. 사무 공간, 사무기기 및 교류 공간을 제공한다.

노인 구인구직 정보

한국노인인력개발원

https://kordi.go.kr

노인 일자리의 개발·보급과 교육 훈련 및 평가 등을 담당하는 중앙 노인 일자리 전담기관으로 보건복지부 산하 위탁집행형 준정부기관이다.
경인지역본부(일산 소재)를 비롯해 전국에 7곳의 지역본부(서울강원지역/부산울산경남지역/호남지역/중부지역/경인지역/대구경북지역/제주지역)가 있다.
해당 지역 인력지원센터 사이트를 방문하거나 지역본부를 직접 방문하여 상담하면 된다.

한국시니어클럽협회

www.silverpower.or.kr

지역사회에서 건강하고 생산적인 노인 사회활동을 만들어가는 노인 일자리 지원기관으로, 노인들의 사회활동 기회를 마련해 주고, 노인을 위한 일자리를 주선해 준다.
지역 사회복지 또는 노인 일자리 및 사회활동 지원사업을 한 경험이 있고 사업수행능력이 있는 사회복지법인 등 비영리법인이나 단체의 신청을 받아 '노인 일자리 지원기관'으로 지정하여 활동하게 하는 방식으로 운영된다.
전국 15개 시도지회 및 지역별 시니어클럽 총 143개가 운영되고 있다.

노인일자리 차세대 통합업무시스템

https://www.saenuri.go.kr/kwork/main.html

노인 일자리, 노인 관련 기관 및 사업단을 검색할 수 있고, 노인 원격지원 서비스를 제공하고 있다.

노인 창업활동 지원 사업의 시장경쟁력 강화 및 지속 성장을 위해 제품개발, 포장디자인, 판로 개척, 기술 이전, 전문가 멘토링, 특성화 교육 등 시장 진출 및 창업활동 지원을 위한 종합지원 서비스를 제공하는 성장지원센터를 운영하고 있다.

전국경제인연합회(전경련) 중장년 일자리희망센터

http://www.fki-rejob.or.kr

생애 경력설계 프로그램을 수료하면 수료증을 발급해 준다. 최신 채용정보, 무료 이력서 클리닉, 무료 취업전략교육, 무료 건강상담 등의 서비스를 제공받을 수 있다.

대한상공회의소 중장년 일자리희망센터

http://4060job.korchamhrd.net

취업 알선 및 장년인턴사업을 시행하고 있다. 중장년층을 위한 채용박람회를 개최하여 취업정보를 제공한다.

대기업 전문인력의 중소기업 1대 1 매칭 서비스를 무료로 지원하며, 전직지원 컨설팅 및 취업교육 서비스를 제공한다. 진로코치 교육, 직종설명회 및 중장년퇴직자 특강과 취업동아리를 운영하고 있다.

한국무역협회 일자리지원센터

http://www.jobtogether.net

재취업 및 창업, 생애설계지원 등 종합 전직지원 서비스를 제공하고 있다. 경영, 재무, 무역, 영업, 기술 등 모든 직종에서 취업을 지원하고, 국내외 맞춤형 일자리를 검색할 수 있다.

무역협회 7만 3,000여 회원사를 통해 양질의 일자리를 알선하고, 중장년 채용박람회, 취업역량교육 및 중장년 취업 특강을 개최하고 있다.

워크넷 장년채용정보

http://www.work.go.kr/senior

만 50세(1967.12.31 이전 출생자) 이상 퇴직 전문인력이 사회적 기업 및 비영리단체 등에서 지식과 경력을 활용하여 사회공헌 활동을 할 수 있도록 지원하고 있다.

복지 지원 정보

보건복지부 독거노인종합지원센터

http://www.1661-2129.or.kr/index.html

독거노인 돌봄 기본서비스를 주관하고 제공하고 있다. 독거노인 사랑잇기 사업을 시행하며, 노인상담전화를 운영하고 있다.

독거노인을 위한 주거환경 개선, 여가문화 및 의료 지원, 명절 선물 후원 및 행사 추진, 혹한기/혹서기 지원사업을 시행하고 있다.

중앙노인보호전문기관

http://noinboho.or.kr/index.html

노인 학대 신고전화를 운영하고 있으며 피해노인 및 가족, 관련자, 노인 학대자에 대한 상담과 피해노인을 일시적으로 보호하기 위한 시설을 운영하고 있다.

중앙치매센터

https://www.nid.or.kr/main/main.aspx

치매상담센터 및 관련 시설을 운영하고 있으며, 치매조기검진사업, 치매 관련 위기관리 서비스를 제공하고 있다.

한국노인장기요양기관협회

http://hnh.or.kr/main/main.php

노인 장기요양시설, 노인 상담지원사업, 노인 장기요양 보험제도를 운용하고 있다.

- 신청 대상 소득 수준과 상관없이 노인장기요양보험 가입자(국민건강보험 가입자와 동일)와 그 피부양자, 의료급여 수급권자로서 65세 이상 노인과 64세 이하 노인성 질병이 있는 자

- 급여 대상 65세 이상 노인 또는 치매, 중풍, 파킨슨병 등 노인성 질병으로 6개월 이상의 기간 동안 혼자서 일상생활을 수행하기 어려우신 분

대한노인요양병원협회

http://www.kagh.co.kr

노인요양병원을 안내해 주며, 불법 의료 신고 및 관리, 요양병원 평가 및 인증을 한다.

한국노인복지중앙회

http://www.elder.or.kr

노인복지시설 운영 및 서비스 질 향상을 위한 제도 개선과 정책을 건의한다. 자원개발을 통한 노인 지원사업과 노인복지종합상담, 시설입소상담, 치매종합상담 등 노인상담사업을 수행하고 있다.
전국 노인복지시설에서 생활하는 어르신과 1대 1의 결연 후원 사업을 추진하고 있다.

한국노인의전화

http://www.nointel.org

노인을 대상으로 전화 및 방문 상담 활동을 하고 있으며, 은퇴예정자의 은퇴 준비 교육, 노인 건강 교육, 성매개 감염 예방 교육 등의 교육 사업을 진행하고 있다.

지회별 시니어클럽 및 자살예방센터, 노인일자리 사업도 실시하고 있다.

노인의료나눔재단

http://www.ok6595.or.kr

퇴행성관절염으로 고생하는 노인들에게 국비 지원과 사회적 후원 활동을 한다. 저소득층 노인들에게 인공관절 수술을 지원해 주고, 노인성 질환 예방 교육과 의료정보를 제공한다. 노인의 건강 증진을 위한 지속적 의료지원 사업을 통한 노인의 삶의 질을 향상시키는 데 도모한다.

각당 복지재단 사전연명의료의향서 상담실

사전연명의료의향서는 무의미한 연명의료로 인해 고통을 겪는 임종 환자의 고통을 경감시키고, 환자의 자기결정권을 존중하여 인간으로서의 존엄과 가치를 유지하여 마지막 삶을 아름답게 정리할 수 있도록 돕기 위한 것으로, 의식이 있을 때 연명의료에 대한 본인의 의사를 미리 밝히는 것이다.

• 상담 전화 070-7166-5592~3(월~금, 오전 10시~오후 5시까지 운영)

봉사 활동 정보

1365자원봉사 포털

www.1365go.kr

전국의 자원봉사 정보 검색 및 신청부터 실적 확인까지 원스톱으로 제공하고 있다. 봉사 활동 후 실적 확인 및 확인서를 직접 발급받을 수 있는 서비스를 제공하고 있다.

사회공헌일자리 지원사업(고용노동부)

www.seniormanse.org

50세 이상 퇴직 전문인력이 사회적 기업, 비영리기관, 공공행정기관 등에서 사회공헌 활동을 할 수 있도록 지원하고 있다.

무급으로 봉사하는 자원봉사나 생계를 위한 근로지원과는 달리 이 둘을 결합한 봉사적 성격의 일자리를 제공하며, 생계보다는 사회공헌에 관심이 많은 퇴직 장년에게 사회공헌 활동에 따른 실비 제공하고 있다.

• 참여 희망자는 복지네트워크협의회 유어웨이에 신청하면 된다.

  연락처   02-6369-8987, yourwaykorea@naver.com

• 참여 희망기관은 한국사회적기업진흥원에 신청하면 된다.

  연락처   031-697-7843, cesi@korea.or.kr

평생교육 정보

한국노인대학복지협의회

http://www.ksu.or.kr/index.html

전국에 노인대학을 검색할 수 있는 서비스를 제공하고 있다.

노인복지관과 사회복지관으로 이들 시설에서 운영하는 프로그램의 하나로, 노인교육 프로그램이 있다.

평생교육정보시스템

www.cnall.or.kr

평생교육정보시스템에 소속되어 있는 기관과 평생교육 정보를 검색할 수 있다. 온라인 강좌를 수강할 수 있으며, 학습 이력 및 강좌 이력 관리도 해 준다.

기타 평생교육을 받을 수 있는 장소 및 프로그램

- 지자체별 평생학습관

- 노인복지센터 내 학습 프로그램

- 지자체별 도서관 및 주민센터 내 프로그램

- 대학교 부설 평생교육원(사회교육원)

- 종교기관(교회 등) 운영 노년교육 프로그램

- 백화점, 대형마트 등 기업 운영 문화센터 내 프로그램

- 언론기관(신문, 방송) 및 시민사회단체 부설 평생교육기관

- 온라인을 이용한 사이버 원격교육 프로그램

- 방송통신대학교

- 사이버대학교

- 정규 일반대학 및 대학원

여가 시간을 보낼 수 있는 곳

55세 이상과 동반 일반인 모두 2,000원으로 영화 관람이 가능하다.

- 실버영화관　서울 종로구 낙원동 낙원상가

- 명화극장　경기도 안산시 단원구 중앙대로 921 동서코아 지하 2층

- 대구 그레이스 실버영화관　대구 중구 경상감영길 137

귀촌귀농 정보

귀농귀촌종합센터

http://www.returnfarm.com

귀농귀촌 희망도시민에 대한 상담과 귀농희망자에 대한 귀농설계 컨설팅 및 귀농닥터를 통해 1대 1 맞춤형 현장전문가와의 상담을 지원해 준다. 귀농귀촌 창업박람회 등 귀농귀촌지원 사업을 홍보하고 있으며, 지자체별 귀농귀촌 지원센터와 귀농귀촌 지원 업무를 공조하고 있다.
온라인을 통해 귀농귀촌에 대한 최신정보을 얻을 수 있다.

전국귀농운동본부

www.refarm.org

생태귀농학교, 소농학교, 도시텃밭 등을 운영하고 있으며, 토종종자 보급 및 청년 귀농 사업을 지원하고 있다. 또한 귀농 자녀에 대한 다양한 대안 모색과 귀농 동호회 및 컨설팅 또한 운영하고 있다.

귀농사모

http://cafe.daum.net/refarm

귀농귀촌 정보를 공유하는 커뮤니티로, 귀농 취업과 창업센터, 생태귀농아카데미, 제철직거래장터, 귀농 건축 아카데미 등을 운영하고 있다.

노인 대상 매체

백세시대

http://www.100ssd.co.kr

시니어를 위한 정보, 경제, 인물, 문화 등을 소개하는 종합 주간지이다.

실버넷뉴스

http://www.silvernews.or.kr/new_home.php

실버 관련 정책 및 현안을 다루는 인터넷 언론 매체. 실버넷 운동본부에서 교육받는 자원봉사기자단이 운영하고 있으며 전국과 세계에서 기사와 사진을 보내온다. 기자단 평균 나이는 68세이다.

실버아이TV

http://www.silver-itv.co.kr

65세 이상 고령자를 위한 전용 채널. 전국 공통 채널은 IPTV는 266번, 스카이라이프 TV는 164번이다(그 외 지역별로 조금씩 다르므로 홈페이지 게시판을 통해 확인).

브라보마이라이프

bravo.etoday.co.kr

5070 신중년을 위한 월간지이자 정보 웹진. 고품격 시니어 라이프, 신중

년 놀이터, 취미, 건강, 재테크, 쉼&전원생활 등의 내용을 소개하고 있다.

헤이데이

시니어를 위한 전문 잡지. 50대 이상 중장년 세대의 건강하고 트렌디한 헬스 앤 라이프 스타일을 소개하고 있다.

효도실버신문

http://www.hyonews.com/xe/index.php

2주 1회 발간하고 있다. 효의 실천과 효 문화 확산을 추구한다.

해외 활동 정보

코이카 봉사단

http://kov.koica.go.kr

일반 봉사단과 시니어 봉사단, 중장기 자문단으로 구분되어 있다.

- 일반 봉사단 봉사 정신이 투철한 만 19세 이상 대한민국 국적 소지자

- 시니어 봉사단 만 50세 이상, 해당 직종 10년 이상 경력자

- 중장기 자문단 해외봉사 의욕을 가진 관련분야 10년 이상 경력을 보유한 퇴직(예정)자로, 영어(또는 해당국 공용어)로 강의, 자문 및 보고서 작성 등이 가능한 자

- 파견 기간 일반 봉사단과 시니어 봉사단은 2년(연장 가능), 중장기 자문단은 6개월~1년(연장 가능)

- 지원 내역 국내 교육 및 필요물품, 현지 생활 및 활동 경비, 출입국 항공료 등

해외 장기 체류

해당 국가의 한인 커뮤니티나 한인 게스트하우스 등을 통해 정보를 얻는 것이 좋다.

- 한인텔(전세계 한인 민박 사이트) www.hanintel.com

참고 자료

정윤무, 《장수혁명시대의 고령자 문화》, 아인북스(2006)

헨리 로지, 《내년을 더 젊게 사는 연령혁명》, 매일경제신문사(2006)

이계성, 《노년의 새로운 인생》, 뿌리출판사(2008)

카토 히토시, 《정년 후 더 뜨겁게 살아라》, 국일미디어(2008)

전혜성, 《가치있게 나이드는 법》, 중앙북스(2010)

전도근, 《100세 쇼크》, 북포스(2011)

와타나베 쇼이지, 《지적으로 나이드는 법》, 위즈덤 하우스(2012)

강창희, 《당신의 노후는 당신의 부모와 다르다》, 쌤앤파커스(2013)

이근후, 《나는 죽을 때까지 재미있게 살고 싶다》, 갤리온(2013)

소노 아야코, 《간소한 삶, 아름다운 나이듦》, 리수(2013)

홍명신, 《노인과 미디어》, 커뮤니케이션북스(2013)

마티아스 이를레, 《노인은 늙지 않는다》, 민음사(2015)

윌리엄 새들러, 《서드에이지, 마흔 이후 30년》, 사이(2015)

고미숙 · 정희진 · 장회익 · 김태형 · 유경 · 남경아, 《나이 듦 수업》, 서해문집(2016)

고광애, 《나이드는 데도 예의가 필요하다》, 바다출판사(2015)

유상오, 《3천만 원으로 은퇴 후 40년 사는 법》, 한스미디어(2015)

미나미 가즈코, 《어떻게 나이들 것인가-노년생활백서》, 리수(2015)

유상오, 《3천만 원으로 은퇴 후 40년 사는 법》, 한스미디어(2015)

김흥중, 《10만 시간의 공포》, 가나북스(2016)

폴어빙, 《글로벌 고령화 위기인가 기회인가》, 아날로그(2016)

추교진,《당신의 뇌를 코칭하라》, 가나북스(2016)

고용노동부,《2013 사회공헌일자리사업 우수사례집》,(2013)

미래에셋연구소,《은퇴리포트 24호》(2017)

"캘리포니아주립대(UCLA) 기억 및 노화 연구센터의 연구",〈코메디닷컴뉴스〉(2008.10)

"실버합창단 Fly Daddy와 오청 시인 인터뷰",〈고대신문〉(2016. 12)

"3명의 노인과 후배들이 존경할 수 있는 노인",〈평택자치신문〉(2016.10.30)

"5060 은퇴자, 질병 · 캥거루자녀 탓 등골 휜다",〈연합뉴스〉(2017.03.09)

"65~74세 노인 10명 중 6명, 난 노인 아니다",〈뉴시스〉(2017.04.12)

"중년이길 거부하는 3명의 후기 청년들",〈경향신문〉(2017.06.24)

"80대도 맹활약, 노년의 아름다움 뽐내야죠",〈중앙선데이〉(2017.07.16)

"아르헨티나 탱고 대회에 도전한 노인 커플",〈뉴시스〉(2017.09.02)

"상이군인, 시각장애인…맨 마지막이 노인_버스약자석 순위에 담긴 가치관",
〈경향신문〉(2017.10.12)

"뇌 기능 향상은 두뇌 훈련보다 운동",〈뉴스위크 한국판〉(2017.10.18)

"뇌기능 면에서 노인 연령 기준을 70세로 올려야",〈중앙일보〉(2017.11.03)

"지루할 틈 없이 보내야지, 인도로, 일터로, 꿈 찾는 6070",〈뉴스코리아〉(2017.12.31)

"장수는 축복인가",〈동원옴니버스〉(2016.06.24)

"베풀 곳이 있어 즐겁고 보람 때문에 봉사하죠",〈사람과 이웃〉(2017.07.28)

"졸혼은 별거나 황혼이혼을 우회하는 출구 전략",〈우버인사이트〉(2017.09.11)

"SNS 정복 나선 황혼의 크리에이터들",〈더피알뉴스〉(2017.10.04)

"꼰대",〈헤이데이뉴스〉(2017.12.08)

"삶의 고수 김세환, 변치 않는 삶에 대해 말하다",〈브라보라이프〉(2017.5월호)

"어르신의 놀이터 노인복지관을 활용하자",〈이코노미스트〉(2017.6월호)

"일본 어르신들의 잘 노는 비법",〈좋은 생각〉(2017.10월호)

"20년간 번데기 팔던 할머니-신문 자꾸 보다 보니",〈부산 CBS〉(2012.02.01)

"신중년의 등장", 〈YTN 뉴스〉(2015.02.05)

"장수의 비밀-백남삼 할아버지의 청춘예식장", 〈EBS〉(2015.03.13)

"은퇴 그 후, 새 희망을 찾다", 〈KBS 경남뉴스〉(2015.11.25)

"일하는 노인", 〈경남 KBS〉(2015.11)

"고독한 노인, 공동체가 해법이다", 〈전남 CBS〉(2015)

"은퇴자의 고민, 자녀와의 관계 악화", 〈YTN 뉴스〉(2016.09.17)

"오빠와 아저씨는 한 끗 차이, 꽃보다 멋진 재단사 어용기 씨", 〈Civic 뉴스〉(2016.12.20)

"원조집시맨이 떴다", 〈MBN〉(2017.4.6)

"삶의 기술-나이 듦에 대하여", 〈KBS 스페셜〉(2017.05.18)

"82세 할머니 수능응시생 장일성 할머니", 〈CBS 김현정의 뉴스쇼 인터뷰〉(2017.12.31)

지금이 내 인생의 골든 타임

초판 1쇄 발행 2018년 6월 20일

지은이 이덕주

기획 · 편집 도은주
SNS 마케팅 류정화

펴낸이 윤주용
펴낸곳 초록비책공방

출판등록 2013년 4월 25일 제2013-000130
주소 서울시 마포구 월드컵북로 400 문화콘텐츠센터 5층 19호
전화 0505-566-5522 팩스 02-6008-1777
메일 jooyongy@daum.net
포스트 http://greenrain.kr

ISBN 979-11-86358-45-0 03810

* 정가는 책 뒤표지에 있습니다.

국립중앙도서관 출판예정도서목록(CIP)

지금이 내 인생의 골든 타임 / 지은이: 이덕주. -- 서울 : 초
록비책공방, 2018
    p. ;   cm

권말부록: 알아 두면 도움 되는 신노년 시대 알짜 정보
ISBN 979-11-86358-45-0 03810 : ₩14000

노후 생활[老後生活]

591.9-KDC6
646.79-DDC23   CIP2018017693